花开有期

——一位母亲的48封书信

郭书霞 赵景祺 著

中原出版传媒集团
中原传媒股份公司

大象出版社
·郑州·

图书在版编目(CIP)数据

花开有期 : 一位母亲的 48 封书信 / 郭书霞, 赵景祺
著. — 郑州 : 大象出版社, 2022. 1
ISBN 978-7-5711-1234-9

Ⅰ. ①花… Ⅱ. ①郭… ②赵… Ⅲ. ①书信集-中国
-当代 Ⅳ. ①I267. 5

中国版本图书馆 CIP 数据核字(2021)第 220246 号

HUA KAI YOU QI

花开有期

——一位母亲的 48 封书信

郭书霞　赵景祺　著

出 版 人　汪林中
责任编辑　李亚楠
责任校对　毛　路
装帧设计　张　帆

出版发行　大象出版社(郑州市郑东新区祥盛街 27 号　邮政编码 450016)
发行科　0371-63863551　总编室　0371-65597936
网　　址　www. daxiang. cn
印　　刷　北京汇林印务有限公司
经　　销　各地新华书店经销
开　　本　787 mm×1092 mm　1/32
印　　张　7. 5
字　　数　83 千字
版　　次　2022 年 1 月第 1 版　2022 年 1 月第 1 次印刷
定　　价　29. 00 元

南京大學
NANJING UNIVERSITY

地址：中国江苏省南京市栖霞区仙林大道163号 邮编：210023
Add: 163 Xianlin Avenue, Qixia District, Nanjing 210023, China
电话/Tel: (86)-25-89683186 传真/Fax: (86)-25-83302728
http://www.nju.edu.cn

赵柱家先生伉俪并景祺同学：

你们好。

非常荣幸收到您的来信及书稿，我拜读后，深受感动，这份感动中既有为人父母的感同身受，亦有身为师长的欣慰与骄傲。在我看来，这份书稿首先寄托着父母对女儿的至诚至爱与殷切期望。古人云“慈母手中线，游子身上衣”，贤伉俪量体裁衣，以饱含深情的文字为线，用丰富的阅历和出众的见识织就成一封封家书，温暖着千里之外求学的游子，为景祺同学的成长点亮了家庭的明灯，极好地诠释了家庭教育在青年成长过程中的重要作用。同时，书稿也从另一个侧面，生动记录了一名当代大学生在南京大学成长成才的历程。景祺同学从初离父母，负笈金陵起，浸润在南京大学“嚼得菜根，做得大事”“诚朴雄伟，励学敦行”的校训校风中，熔炼于“文理工医学科融通、专业体系相互通达”的人才培养体系里，她励志求真，努力学习科学文化知识，她关心社会，在志愿公益活动中激扬青春，她放眼世界，在剑桥和图宾根大学留下求学的身影……直到她羽翼丰满飞向新的天空。对于南京大学来说，景祺同学成长为一名合格南大人的过程，也正是南京大学“得天下英才而教育之”，为国家培养栋梁之材的具体体现。

感动之余，我也受到许多启发。南京大学在百余年的办学历史中，一贯重视高水平人才培养体系的构建，随着“双一流”建设的深入进行，我们积极落实立德树人根本任务，进一步探索完善人才培养体系的2.0版。在2019年，学校

南京大学
NANJING UNIVERSITY
地址：中国江苏省南京市栖霞区仙林大道163号 邮编：210023
Add: 163 Xianlin Avenue, Qixia District, Nanjing 210023, China
电话/Tel: (86)-25-89683186 传真/Fax: (86)-25-83302728
http://www.nju.edu.cn

的重要工作之一就是启动推进“熔炉工程”建设，其中全员全过程全方位育人体系的构建离不开家庭的积极参与。未来，我们将进一步科学谋划立德树人顶层设计，努力提高家庭教育在人才培养体系中的参与度，推动家庭教育与大学教育形成合力，打造更加符合教育规律与人才成长规律、更能促进人的全面发展的人才培养体系。

至于我在毕业典礼上的致辞，当时采用了 PPT 的形式，谋篇布局与文字表述上也依照PPT的展现要求处理，并未准备文字稿，如转换成文字，恐难完全再现本意，也请您理解并见谅。

书不尽言，诚挚祝愿阖家幸福，万事如意。

吕　建

2019 年 4 月 8 日

桂家先生大鉴：

来函及书稿均收到，勿念。你爱人在女儿上大学的四年里，根据女儿在学校的学习生活情况，每月写一封信，和女儿谈学习、谈生活、谈人生、谈做人、谈交友、谈爱情、谈未来，一步一步地指导女儿成长。倾注了一位母亲对女儿的爱！而女儿在大学毕业以后又来回忆和思考母亲信中所写的内容，再一次更深刻地体会母亲对她的爱和对她人生发展的指导，这对她走向社会，面对新的生活和工作，也很有意义。

你夫人这四十八封信，没有高言壮语，没有教训警句，谈的都是学校平时的学习、生活和家中发生的故事，但充满着对女儿的尊重、信任、鼓励和引导。我想女儿读来会感到非常温馨，读后也会从中感到他们母女之间的和谐。

当前，许多家长对子女的学习都有一种焦虑

的情绪，往往对子女要求过高过严，只知道督促子女学习又学习，却很少倾听子女的心声，不能与子女在思想上沟通。这种教育方式会适得其反，往往会引起子女的逆反心理，甚至造成心理的扭曲。每一位父母都热爱自己的孩子，但首先要建立在尊重和信任的基础上，有了这种尊重和信任，就会和谐共进。书中的父母子女为我们做出了榜样，值得家长们来读一读。

这是我看了书稿以后的一些感想，仅供参考！

祝全家安好！

顾明远 二〇二一年七月十五日

序言

王充闾

三八妇女节前，收到交谊越三十年的山西文友赵柱家先生的来信，略谓：“女儿景祺 2018 年从南京大学毕业，现在香港中文大学读研。在她负笈南大的四年间，每月都能收到母亲的一封信。其中有关于青春、梦想、学业、健康的嘱托，有关于婚姻、爱情、人生、未来的探讨。我计划将它结集出版，作为女儿走上成长之路的一份记忆，也算感谢与酬劳妻子书霞的一份节日献礼。自认这是一桩颇有情致且富于创意的举措，我想请您在百忙中赐一序言，以光大‘书楣’，更是一种弥足珍视的对她们母女的鼓励。如蒙允诺，即把书稿送上。”

古人有言：序者，绪也，谓端绪也。所谓“端绪”，亦即事物的头绪，一为交代缘由、始末；二是对本文做些引导、引申，如剖析其意蕴、价值、意义等。上引书信，满足了头一项要求，无须我再辞费；剩下的任务就是引申、剖析了。至于书信本文的内容读解，则是读者诸君自己的事，“深者得其深，浅者得其浅”，感同身受，意自己出，不必也不应由他人代庖。

通读四十八封书信，集中涌上心头的就是感动，堪称字字苦心，语语深情。值此电子、网络通信方便快捷、通行天下的时代，还能手写纸质的书信，这本身就令人动心动容；何况，又是出自母亲之手，坚持悠悠四载而不辍！

书信自古以来在世界各国文化中占有特殊的位置，而在亲情、友情、人情浓重的中国传统社会中，书牍文化更占据显著的地位。广而言之，它具有文学、美学、史学、文献学、社会学、心理学方面的综合价值；从日常生活、切身体验看，“信”乃人言，深情溢于纸上，诚意发乎毫端，确属披露心迹、倾述情怀、交流信息的心灵对话，是一种可以世代珍藏、传之久远的情感历史与精神财富，而家书尤为珍贵，所以“诗圣”杜甫有“家书抵万金”之金句。闯荡异乡、远离亲人的年青一代，自幼便习惯了“无纸化”的通信联系，如果在风晨月夕、形单影只之际，能够收读一封母亲手写的家书，而且每月必至，风雨无阻，无疑是一种奢侈的情感享受。

说到这几十封家书的意蕴与价值，可以“母爱、母教、母仪”六字概之。从书信中看出，书信作者作为母亲，每时每刻、一言一行、醒里梦里，全副身心都放在女儿身上，关心女儿的健康成长、成才做人，这种母爱是覆载一切、浩荡无涯又细如毛发、深入骨髓的。如同《诗经·蓼莪》篇和孟郊《游子吟》中所咏诵的："蓼蓼者莪，匪莪伊蒿。哀哀父母，生我劬劳！""父兮生我，母兮鞠我。拊我畜我，长我育我，顾我复我，出入腹我。欲报之德，昊天罔极！""慈母手中线，游子身上衣。""谁言寸草心，报得三春晖。"

这位母亲施行母教，不愧为一位高明的人生导师。她善于即事论理，因势利导，体贴细致，把握分寸；惯于结合个人经历、亲身体验进行诱导规劝，体现出高超的施教艺术与人生智慧。至于母仪，主要是指母亲的仪范和为母之道，亦即榜样、示范、表率作用。这在书信中体现得也十分充分。母仪，作为母教的有机组成部分和实施的重要手段，在教育进程中往往起着决定性作用，不是说"榜样的作用是无穷的"吗？道理在于，接受教育的前提是必须信任、信服，如果施教者不能以身示范，行与言悖，何谈功效！

读信过程中，我曾猜想作者的职业与身份：是师范学校或中小学教师？是德育辅导员、思想工作者？是女作家？是……经过询问，方知是一位在企业工作的知识女性。我始则惊异，继而想到，职业也好，岗位也好，都是外在的分工，其内在的本质、根源乃是“母亲”——母亲是伟大的。中华民族素有母爱、母教、母仪的优秀传统，历朝历代流传着许许多多贤母教子的动人故事。其中最有名的是“四大贤母”：战国时期伟大思想家孟轲的母亲仉氏，东晋名将陶侃的母亲湛氏，北宋大文学家欧阳修的母亲郑氏，南宋抗金名将岳飞的母亲姚氏。她们以高远的识见、高尚的品格和动人的事迹，垂范百世。作为后人，只要记取这些千古懿范的嘉言美行，从自身实际出发，身体力行，就能在教育子女方面得到收获。

“天下之本在国，国之本在家”，“爱子，教之以义方”，“爱之不以道，适所以害之也”。

习近平总书记经常引用这些古代的名言隽语，强调要重视家庭建设，重视家风家教。家庭是社会的细胞，是人生事业的起点，是抚育子女健康成长、安定人心、稳定社会的“爱巢”。而作为“爱巢”的擎天一柱，作为人生首位也是终生的教师，母亲具有无可取代的作用。也正是为此吧，德国教育家福禄培尔才说：国民的命运……倒不如说是握在母亲手中。

四年间，书霞女士这位称职的母亲，其付出与收获都是巨大的，现在，两个宁馨儿——出色的乖女儿与感人的书信集同时传来捷报。天道酬勤，不负苦心。谨题数言，为祝为贺！

2019 年 3 月 8 日

目录

写给大学四年的女儿

写在大一 /3

2014 年 9 月 17 日（第 1 封信） /4

2014 年 10 月 17 日（第 2 封信） /6

2014 年 11 月 15 日（第 3 封信） /9

2014 年 12 月 17 日（第 4 封信） /12

2015 年 1 月 17 日（第 5 封信） /14

2015 年 2 月 17 日（第 6 封信） /16

2015 年 3 月 10 日（第 7 封信） /19

2015 年 4 月 17 日（第 8 封信） /22

2015 年 5 月 17 日（第 9 封信） /25

2015 年 6 月 7 日（第 10 封信） /28

2015 年 7 月 26 日（第 11 封信） /31

2015 年 8 月 17 日（第 12 封信） /34

写在大二 /37

2015 年 9 月 17 日（第 13 封信） /38

2015 年 10 月 17 日（第 14 封信） /41

2015 年 11 月 17 日（第 15 封信） /43

2015 年 12 月 17 日（第 16 封信） /46

2016 年 1 月 27 日（第 17 封信） /49

2016 年 2 月 29 日（第 18 封信） /52

2016 年 3 月 17 日（第 19 封信） /55

2016 年 4 月 17 日（第 20 封信） /58

2016 年 5 月 9 日（第 21 封信） /60

2016 年 6 月 17 日（第 22 封信） /63

2016 年 7 月 17 日（第 23 封信） /66

2016 年 8 月 28 日（第 24 封信） /69

写在大三 /71

2016 年 9 月 4 日（第 25 封信） /72

2016 年 10 月 7 日（第 26 封信） /74

2016 年 11 月 17 日（第 27 封信） /76

2016 年 12 月 17 日（第 28 封信） /79

2017 年 1 月 1 日（第 29 封信） /83

2017 年 2 月 24 日（第 30 封信） /85

2017 年 3 月 29 日（第 31 封信） /88

2017 年 4 月 17 日（第 32 封信） /91

2017 年 5 月 26 日（第 33 封信） /93

2017 年 6 月 25 日（第 34 封信） /95

2017 年 7 月 22 日（第 35 封信） /98

2017 年 8 月 10 日（第 36 封信） /101

写在大四 /103

2017 年 9 月 28 日（第 37 封信） /104

2017 年 10 月 17 日（第 38 封信） /106

2017 年 11 月 26 日（第 39 封信） /108

2017 年 12 月 17 日（第 40 封信） /112

2018 年 1 月 28 日（第 41 封信） /115

2018 年 2 月 28 日（第 42 封信） /118

2018 年 3 月 17 日（第 43 封信） /121

2018 年 4 月 28 日（第 44 封信） /124

2018 年 5 月 20 日（第 45 封信） /126

2018 年 6 月 30 日（第 46 封信） /128

2018 年 7 月 17 日（第 47 封信） /131

2018 年 8 月 18 日（第 48 封信） /135

附：毕业典礼 /137

写给母亲和自己

关于高考 /149
关于选择 /158
关于大学生活 /162
关于爱的理解 /165
一次特别的实习 /169
关于爱情 /172
关于交换 /176
关于旅行 /180
关于认真与坚持 /183
关于审美和消费主义 /187
关于父母 /192
关于心理学专业 /194
关于毕业论文 /196

关于人类学专业 /198

关于南大 /203

重读母亲的信 /207

后记 /209

写给大学四年的女儿

一直以来，我没有很多时间照顾女儿，不知不觉中女儿已长大。

在女儿大学期间，我似乎有了更多时间和她交流，似乎有了更多想要交流的愿望，于是，有了这些书信，这些寄托我思念和希望的书信。

写在大一

2014年9月17日（第1封信）

女儿：

开学已经快两周了。

虽然微信给了我们每天视频聊天的便利，但思念还是占据了整个房间。

这几天，我和你爸爸每晚必做的功课就是了解你的学习和生活状态。

开学那天，我们和外婆外公一起送你去学校，你一路照顾外婆、关心外公。为了多陪他们看景点，我们比计划的时间晚到学校半天。那天天气出奇地热，你一个人排队、填表，办理各种手续，打扫床铺，搬运行李，不让我们帮忙，还不住地问候着外婆外公，不住地催促我们回酒店休息。

那天，你做东在学校食堂请我们吃了饭。从食堂出来，大约是晚上6点，我们想送你回宿舍，你坚决不让。

那天妈妈一直告诉自己不许在你面前流泪，但就是忍不住，眼泪一直在眼眶里打转。妈妈不敢和你打招呼，看着你独自远去的背影，我除了欣慰就是自豪。

女儿，走进南京大学，是你努力的结果，也是你的幸运。高三那年你与校荐的自主招生学校——东南大学失之交臂，你说你要重新来过，365 天的艰辛，只有你自己知道。

你说你很幸运选择了南京大学，不仅仅是因为她“985”“C9 联盟”的光环，更主要的是因为她“诚朴雄伟、励学敦行”的淳朴学风，你说她更适合你的性格，朴实而不张扬。

女儿，大学是你步入社会的培训营，在这里，你会接触到更多的精英，汲取更多的知识，学到更多技能，打开更广的视野；在这里，你更会通过努力，充分实现自己的价值，成就自己的梦想。

女儿，祝愿你的大学生活精彩纷呈！

2014年10月17日（第2封信）

女儿：

你说这个国庆节因为爸妈的陪伴很开心，我们也很开心哦。

这次，你已经俨然成为主人公，带我们游览校园，还带我们去了图书馆、体育馆、大学生活动中心、校园咖啡屋，挑最好的食堂买了爸妈喜欢的饭菜，力尽地主之谊。

女儿，回来这几天，妈妈总是想起国庆节那天你邻校的表妹：一身睡衣，一双拖鞋，脚下一大包旺旺雪饼。妈妈上午去宿舍时她窝在椅子上看连续剧，下午去宿舍时，她躺在床上看手机。

妈妈一直在想：如果我和爸爸不去南京，你的这个假期会怎样度过？妈妈也担忧：是否这就是你们的大学生活写照？

女儿，那天你带我们去参观南大鼓楼校区，

一直给我们讲述她百年名校的风采：那爬满绿藤的北大楼，那掩映在树丛中的“金陵大学堂”石碑，那刻着岁月记忆的礼堂，那留着历史痕迹的校门……

校区的每一处建筑，都展示着她百年的成就，每一棵草木，都见证着她成长的骄傲。无数的科技、政商精英从这里走出，带着她的光环、她的学风走向世界。

女儿，能走进南京大学，是你的幸运，你千万不可辜负了这份幸运。四年的时间太短，短到你措手不及。所以，女儿，在这短暂的四年里，希望你珍爱每一天。

你要学会管理自己的生活，让每一天的生活都丰富多彩。你可以参加各种社团活动，可以去图书馆博览群书，可以去跑步、打球、游泳，可以去校园咖啡屋，可以约伴去市内旅游，可以去逛街购物。

切记：日常不可无故翘课，业余时间不可痴迷网络，节假日不可沉浸在肥皂剧的故事中蜗居宿舍打发时光。

相信女儿，会给妈妈最好的回答。

2014 年 11 月 15 日（第 3 封信）

女儿：

又是周末。

总是想起过去的每个周末……

你因为高考成绩不理想，决意选择离家百里之外的县城学校补习。

学校从 7 月下旬开始上课，每两周休息一次。妈妈考虑到你第一次离家住校，又承受着高考不理想的心理压力，每周都去学校陪你。

每当想起那间气味混杂、容纳了百人的教室，想起那间没有空调的 8 人宿舍，我就控制不住自己的眼泪。

妈妈不能想象娇惯的你，在没有空调、不能洗澡的环境下怎样度过酷热的 7 月，抵抗 39 摄氏度的高温……

妈妈不能想象你卸掉 QQ、关掉手机，在继续补习还是选择升学的纠结中，在拥挤着百人的教室里，在那间不宽敞的宿舍里如何煎熬着自己……

女儿，是你的每次微笑，给了妈妈无限的安慰，让妈妈看到了坚韧自强的你。

360天，你从来没有和妈妈抱怨过什么，后来，你无意说到学校几次停水停电，宿舍两个女孩因为受不了煎熬补报了志愿，你当时也有些犹豫，因为你的高考成绩，完全可以选择一所相对好的学校。

妈妈问你，为什么最后选择放弃？

你说你不想让困难打垮自己，想真正证明一下自己。

女儿，青春是生命的起跑线，你用坚韧毅力、刻苦勤奋、勇敢自信证明了自己。

妈妈欣赏你起步的坚毅和自信，妈妈更希望你在过程中坚持。

人，在逆境中很容易成就自己，却往往会在顺境中偏离方向。

妈妈真心希望你：在青春的跑道上，永远拥有乐观向上的自信、始终如一的目标，坚持自我，不忘初衷。

2014年12月17日（第4封信）

女儿：

你告诉我你选择了“高等数学2”，你告诉我要自学财务，准备报考CPA（注册会计师）。

后来，你告诉我，似乎整个学期都在学习数学，考试结果却仍不理想。

我想起高二文理分班时你的纠结。

你先是因为喜欢选择文科，和班主任沟通后，又决定选择理科，似乎不甘心放弃自己的爱好，你又申请换成文科，后来有同学说学文科没出路，你又犹豫了……

当经过几天纠结最终决定选择文科后，你对妈妈说了一句话：妈妈，我今天感觉神清气爽，抬头看天，天都是蓝的。

是啊，其实对于选择，适合自己的，就是最好的。

你是文科生，数学一直就是弱项，但你总是不甘心，所以大学选课，选择了和理科生一样的“高等数学 2”，结果理科生出身的同学轻轻松松拿了优，而你几乎耗尽整个学期拿了良。

女儿，你想过没有，其实你不必去拿自己的短板去对抗他人的长处。我们应学会充分利用自己的长处，让优势发挥到极致，用极致的优势去完成自己的目标，而无须耗时耗力去弥补短板。

人都有长短板，与其费心弥补自己的短板，不如用心补充自己的长板，让一切更从容。

2015年1月17日（第5封信）

女儿：

我今天遇到你同学的妈妈了。

她一直向我夸你，还感谢你在高考后期对她女儿的帮助。

妈妈不记得你同学的名字了，但在和这位阿姨的谈话中，妈妈想起了那天下午你在操场角落哭着给我打电话的情景。

那天，看到你来电，我一阵慌乱，因为你很少白天打电话给我，尤其是上课时间。

接通电话，传来你的哭声。接着是你哽咽着跟我诉说原委：你下铺的同学给你发了条信息，说你在上铺影响她休息，让你换个铺位。

你委屈，你从来都是小心翼翼，睡觉翻身都很轻很轻，她凭什么说你影响她，还让你换铺？

妈妈好像记得当时要立刻去学校接你回家，

是你阻止了妈妈，你告诉妈妈只是觉得委屈，想哭一会儿。

后来，你告诉妈妈，你同学临近高考，压力太大，有严重的失眠症，你让她睡上铺，还和其他舍友商量，尽量保证在她睡觉期间不打扰到她。

再提到这件事情，妈妈还想给你点赞。复读于你，不仅仅是成绩的提升，也是成长的过程。青春不仅仅是笑声，也有眼泪，成长就是痛并快乐着的经历。

女儿，生命中会遇到很多人、很多事，我们一定要懂得理解，学会宽容，懂得感恩，学会付出。

当然面对别有用心的人，你也要懂得分辨是非，学会斗智斗勇哦!

2015年2月17日（第6封信）

女儿：

今天收到了你寄给我的生日礼物——两条别致的毛衣挂链。

那两条挂链静静地躺在首饰盒里，一条银色的缀着三颗镶嵌着钻石的小圆体，一条乳白色的缀着不规则图形。

女儿，你怎么那么了解妈妈的喜好？简洁而不夸张的礼物呀！

爸爸嘲笑我：周身放着喜悦的光芒。

谢谢你，女儿！

想起我36岁生日，你送我的生日祝福：总有一天，你会成为你所希望的那样。

女儿，从你记事起，你面对的就是满屋堆砌的书籍。那时，我和爸爸因为工作繁忙，几乎没有时间照顾你。记忆中妈妈对你的教育就是不断地买书给你，似乎只有书籍才是最好的教育。

你从小不喜欢运动，也不喜欢和小朋友玩耍，个性倔强，唯一的爱好就是读书。那时候妈妈认为你乖巧、听话，现在想想，是不称职的爸妈扼杀了你童年的天性。你的童年本该也有小朋友的嬉笑打闹，也应有游戏、玩具和布娃娃的陪伴。

那天，你说你喜欢外婆家，有家的感觉，我们家就像图书馆，没有温馨。

我才意识到我们把青春美好的时光都给了工作，把教育女儿最好的时光也给了工作，等我明白了，已开始签收女儿寄来的生日礼物。

我的女儿在书海中逐渐成长，长成她希望的样子。女儿，妈妈想告诉你，虽然爸妈给予你生活的关照很少，但爸妈给予你精神的财富无可比拟，值得你骄傲。

谢谢你，女儿，你的生日礼物让妈妈看到了你细腻的爱心，成长的坚强。你成熟的个性，也让妈妈看到了你今后的优秀。希望你拥着善良、爱心、宽容、理解，走过无悔的青春，做优雅女人，成就幸福人生。

2015年3月10日（第7封信）

女儿：

寒假就这样结束，你开学已经两天了。

去机场送你那天，我和爸爸想抱抱你，你敷衍了我一下，拒绝了爸爸。

你神情漠然地转身走进安检区域，融进长长的队伍中。

爸爸在安检口目送你，眼里满是不舍，我穿过来往人群找寻你的身影，找寻你上衣那一抹黄色……

想起去年开学送你，怕你看见我的眼泪，都不敢和你说再见。走出校门，我发现爸爸也在悄悄拭泪。

我俩相视一笑，笑彼此的思念和无奈。

假期里，我以为你还会像从前一样和我无话不说，形影不离，却感到了你的迁就和逃避。

儿时，你会紧牵我的手，问长问短，直到我不耐烦……

现在，我想牵住你的手，问寒问暖，却感到了你的不耐烦……

那天你问我：怎么现在这么有闲陪外婆？

我只想说，因为我体会到了思念的滋味。

我十八岁离家外出求学，外婆因为思念无法面对寂寞，学会了搓麻、聊天、逛街，她说不愿独自回家，害怕黑夜来临。多少年我一直不能真正理解。直到去年，你去千里之外读书，我才真正体会了外婆当年的心情，理解了外婆的行为。

女儿，我们期盼你成长为雄鹰，飞向高远的天空，却难以止住眼泪，放下思念和牵挂。你潇洒的转身，证明你已长大；而爸妈的目送，意味着我们已年老，就如当年我的转身和外婆的目送……

当有一天，你目送子女的背影时，你会多么

渴望一个回眸的笑容和一个主动的拥抱!

所以，女儿，妈妈想对你说，不要等到你渴望的时候再来拥抱爸妈，无论何时，当我们张开臂膀的时候，你一定一定记着投入我们的怀抱，并给予我们真诚的回抱!

2015年4月17日（第8封信）

女儿：

早上起来，看见你午夜发的一条微信朋友圈。

我忽然自责。

这个从小喜欢熬夜的坏习惯，还是影响了你的生活。

那时我太年轻，常常放纵你的任性：熬夜追剧，熬夜看小说，熬夜写作业。导致上大学的你，似乎每天都在倒时差。

忽然觉得，你在我身边时，我似乎从来没有好好照顾你，小学时你被寄托在午托部，中学时你被寄托在学校，寒暑假又回了外婆家。

那时我和你爸爸每天忙忙碌碌，忙得就这样你突然长大，突然离家。

现在你离开家了，我才发现，似乎有了更多

时间和你交流，也似乎对你有了更多要求：

想让你照顾好自己，每天记得吃水果，喝牛奶；

想让你照顾好自己，每天坚持早睡，不熬夜；

想让你照顾好自己，天冷加衣，雨天防潮，雪天防滑；

想让你照顾好自己，不独自外出，不随意交友；

想让你照顾好自己……

女儿，妈妈知道这些叨叨你不会放在心上，但妈妈还是想告诉你，不良生活习惯对身体的危害会有多大。

你会说偶尔一次熬夜没什么，但如果偶尔成为经常状态时，你的身体就会适应这种常态，从而改变正常的作息习惯。

好习惯是养成的，坏习惯也是养成的。

晚上休息不好，早上起不来，就只能翘课，

白天睡得多，晚上不想睡，只能熬夜，这样恶性循环的结果就是毁了健康的身体，加速容颜衰老，更不要说成绩下降，学业荒废了。

女儿，不管从前怎样，爸妈不在身边，一定一定要照顾好自己，千万千万不可经常熬夜，没有什么比健康更重要的了。

青春的美丽，生命的精彩，一切源于健康的体质，而良好的生活习惯才是健康的基石，切记。

2015 年 5 月 17 日（第 9 封信）

女儿：

今天和阿姨聊天，谈到中考体育考试，又让我想起你。

你初三体育考试那天，妈妈在西安出差。

清楚地记得你打电话给妈妈：妈妈，我想延期考试，因为我来例假了。

妈妈不能确定是否要延期，但妈妈从你的语气里听出了害怕和犹豫，你是因为妈妈不在身边害怕，所以有了犹豫。

放下电话，妈妈咨询了医生王阿姨，并委托她和你沟通。

那一次，是你在重大决定前第一次自己做选择。当你告诉妈妈决定参加体育考试，当体育考试结束你欣喜地告诉妈妈 800 米满分时，妈妈知道你赢了自己。

你第一次高考没能如愿考入心仪的大学，毅然放弃填报志愿选择复读。

选择复读需要怎样的勇气和毅力？可是你做到了。那天，当你哭着告诉妈妈你接近600分的高考成绩时，妈妈哽咽了，随后眼泪奔涌而下。那一天妈妈也是在西安出差，正在机场候机返程。妈妈不顾旅客们的频频回头，任凭眼泪放肆。妈妈从电话里听出你的激动、兴奋和惊喜。妈妈的眼泪不是因了那个吉利的分数，是因为你的如愿，你的一年辛苦，一年付出……

一年以来，妈妈从来没有考虑过结果如何，妈妈一直只在乎你的心情。

两次重大抉择，你都赢了自己！

女儿，生命是在无数的抉择中存在着，高考志愿、大学专业、毕业去向、爱情婚姻，以及未来的工作、生活……

妈妈只想告诉你，人生的抉择其实没有对与

错，选择了你认为对的，就是最好的。

如果有些事情你被动选择，那么千万不要抱怨，坚持努力，认真对待，因为谁也不能预知未来。

如果有些事情开始就错了，也不要后悔，积极面对，及时纠偏，乐观自信，就错改错。

其实，生活中没有绝对值，永远只有相对数。成功者之所以成功，往往不是源于他们的选择，而在于他们潜在的优秀素质：自信和乐观。

只有拥有了这种素质，你的生命才会永远快乐。

2015 年 6 月 7 日（第 10 封信）

女儿：

今天高考。

每每听到这两个字，我心里都会涌起一种难言的滋味，都会不由得想起我们共同度过的那些日子。

第一次高考前夜，我失眠了。

我的过度紧张似乎影响到了你。

那天早上，雨下得很大，但你坚持要自己去考场。在我极力要求下你才同意我送你，途中你一直在生气，责怪妈妈太铺张给你压力（我当时租了两个酒店，一个靠近考场供午休，一个环境安静供晚上休息）。

第一场考试有点不理想，文综考试时，你又偏偏在考试时间申请上厕所，从四楼考场跑到校园再回到四楼考场，事后你自己都嘲笑自己：自作自受。

分数出来后你选择了重来。

第二次考试，妈妈放松心情，你也轻松上阵。记得那天最后一门考试结束后，你打开车门对我说：妈妈，终于考完了。

我眼泪潸然而下……

我握着方向盘的手在颤抖，我不敢回头看你，怕你嘲笑我的眼泪。女儿，你知道，这一刻妈妈在想啥吗？

妈妈在对自己说：终于考完了。考完就好，女儿再也不用受累了。

女儿，两次高考，不知你回头看过没有？

你置身其中，妈妈置身其外，虽然我们也多次聊起过，但今天妈妈还是想和你说说情绪管理。

生活中，我们常常会遇到许多不如意，有些是客观存在的，有些是主观形成的，不管怎样，我们一定要学会控制自己的情绪，不能让坏情绪影响我们的工作和生活，因为不如意已经存在，我们能做的就是学会怎样化解，而不是抱怨。有些时候，坏情绪会带给生命难以想象的后果。

所以当你发现自己有不良情绪时，一定要想些阳光的、善良的、正向的事情去消除那些不良情绪带给你的阴影。

日子不可能永远晴天，生命不可能永远无雨，阴天不抱怨，雨天不责备。妈妈相信，只有心底的阳光，才能让生活永远快乐。

妈妈希望你每天生活在阳光和快乐中，善待身边每一位朋友，感恩生命中每一位过客，简单真诚地做好每一件事，开心快乐地过好每一天，你会发现，你的生命永远是阳光的，青春的。

2015年7月26日（第11封信）

女儿：

这个暑假你去英国交流学习。

去机场送你，因为早到，我们找了一间茶室落座，候机。

你打开电脑，开始工作，完成暑期社团调查问卷的填报。你一边工作，一边和妈妈开玩笑：妈妈，我终于体会了工作狂人的生活状态，一杯咖啡，一份简餐，工作到飞机起飞的最后一刻。

我看着你认真的样子，想起曾经的我，因公务常常一天往返千里之外的城市，休息的时间只有候机的空隙。

我问你：你喜欢怎样的生活状态？

你不假思索地告诉我：穿着职业装，带着笔记本，成天飞来飞去。

女儿，原来是这样啊！

你性格文静，个性不张扬，妈妈一直以为你会更喜欢稳定的职业，所以，高考填报志愿时，妈妈极力主张你选择社会科学类学科，将来从事学术研究工作，你想像我一样学经济类专业，我提出反对，因为妈妈内心更希望你生活得轻松、快活、安逸。缘于你高中学习数学的吃力，我劝说你放弃经济、金融、财务等相关专业，你最终选择了不那么热门的社会学。

女儿，不知道我的选择是否正确？

多年来，你似乎受妈妈影响更多，但妈妈真的不希望你生活得太辛苦。自私的妈妈更希望你生活得稳定、安逸、平和。其实，是妈妈对辛苦理解有偏差，这是一种生活状态，只要你喜欢，你就会快乐，没有辛苦之说。

你在英国期间，因为时差，我们常常只能在凌晨 4 点左右和你对话，那天飞机晚点，你辗转了近 24 小时才到达学校，我和爸爸近乎一夜未眠，等待着你到达的信息。你一到学校就一个视频发过来，是剑桥大学学生宿舍你下榻房间的全貌。那一刻我才明白，你正是青春年少、精力充沛、活力四射的年纪，而妈妈却用历经沧桑的生活态度影响你青春的斗志和激情。

妈妈再一次感受到女儿的成长，女儿内心的柔韧和刚强，女儿的理想和愿望。

女儿，做你喜欢的自己吧，妈妈做你永远的粉丝。

2015年8月17日（第12封信）

女儿：

你很轻松地告诉妈妈你晚上去了夜店。因为远隔重洋，妈妈只能开玩笑说：你够大胆，就当一次人生体验。

晚上，无意间看到一则吸毒致死案件，我再也无眠……

耳边不断地响起劲爆的、嘈杂的音乐，眼前晃动着男男女女舞动的身影，还有那昏暗变幻的灯光……

我开始下意识地胡思乱想，想你是否喝了咖啡等饮料，啤酒是罐装的还是扎啤，一遍遍设想咖啡等饮料调制、送递的过程，一遍遍假设你饮酒的同伴……

我时而肯定你的机智和控制，时而否定；时而肯定英国的夜店治安，时而否定。我想发微信问你是否喝了饮料、啤酒，问问昨晚的整个过程……

我想从过程中捕捉细节然后否定我假想的一切……

我又怕搅了你的开心，此时，你也许正在去机场的路上，也许正和同学们言谈道别，也许正在闭目小憩，也许正在欣赏沿途美景……

女儿，此时的妈妈心乱如麻……

我一幕幕回忆自己的青春，想着自己年少时和同伴去歌厅、舞厅的场景，对自己说，这就是一次体验。

但很快被自己否定，因为我是在熟悉的祖国大地，而你远在陌生的异国他乡……

女儿，不论在哪里，也不论何时，有些事情、有些地方是绝对禁区，千万千万不能涉足！

那些地方、那种场合，太让人没有安全感，鱼龙混杂，暴力、毒品、迷药，什么都可能存在，一旦遭遇，终身后悔！

女儿，以后千万千万不要涉足那些场所，不论在国外还是国内，那不是我们要体验的生活，对你而言，那是绝对的雷区。

你不要有任何侥幸心理，好运气生长在阳光下，而那是一个阳光永远照不到的地方……

女儿，青春是生命的盛装，你穿着她一定要行走在阳光下，这是生命的骄傲，同时你也要珍惜地把她叠放于图书馆、教室和课堂，因为，只有珍惜，盛装才永远华丽，青春才永远存在。

写在大二

2015 年 9 月 17 日（第 13 封信）

女儿：

开篇向你道歉，因为那日我和你爸爸的争吵。

我们每次都是这样，因为鸡毛蒜皮的事争吵。你似乎司空见惯，静静看着不理不睬，当我声音高八度时你出来维持一下，以免“战争”升级。

其实你知道，“战争”永远以爸爸投降告终，日子总要回归幸福祥和。

女儿，妈妈今天写这些给你，只是想在自我反省的过程中和你聊聊爱情、婚姻。

其实，每次吵架都是因为妈妈的不隐忍，有时是无理取闹。妈妈只想说一不二，永远要爸爸绝对服从，不能有丝毫违抗。

爸爸从小生活在农村，家境贫寒，13 岁离开父母独自生活，养成了节俭的习惯。而妈妈自小被外婆宠着，任性随意，对钱没有概念。所以当爸爸反对妈妈铺张浪费，批评我奢侈拜金时，“战争”开始，因为妈妈认为爸爸小气抠门。其实，你知道，爸爸只是不愿意把钱花在不该花的地方，他买书从不吝啬，对待朋友也总出手大方。

爸爸自幼独自生活，养成了整洁的习惯，而我从小丢三落四，爸爸为了整洁收拾东西，妈妈找不到了就开始责备。

诸如此类小事，常常成为“战争”导火索。

其实，两个在不同家庭环境、社会背景下成长的个体，各自拥有不同的个性，走在一起自然有诸多的差异。

这些差异需要夫妻双方相互理解和忍让。婚姻是需要经营的，彼此要学会在生活中不断发现对方的优点，学会欣赏和赞美。

这么多年来，是爸爸的娇惯养成了妈妈的不讲理。一直以来，妈妈只认为爸爸的爱是理所当然的……

女儿，妈妈和你聊这些，只是想告诉你，当你选择了爱情，步入婚姻，就不可任性，要学着欣赏对方，彼此宽容，让和爱人在一起的时间永远快乐、开心……

因为，快乐很重要，尤其对相爱的人，无论将来是否一起走下去，一定要留给彼此快乐的记忆。

2015年10月17日（第14封信）

女儿：

你告诉妈妈要参加学校社团去安徽近郊旅游，我欣然同意。

妈妈一直鼓励你旅行，古人云：读万卷书，行万里路。旅行是一个可以陶冶情操、开阔胸怀、增长见识、结识朋友的活动。人的一生，学习、工作是生活的一种方式，旅行也是生活的一种方式。旅行的目的不仅仅是玩，一定要在旅行的玩趣中记下你的旅行日记。

这些日记也许只有三言两语，也许只是一张照片、一段感言，但若干年后，你会发现，当初不经意写下的日记会在你的生命中留下珍贵的记忆。

因为岁月在流逝，生命在成长，你现在所有的经历都会成为你人生的美好记忆，而这些记忆就如散在生命旅途中的珍珠，需要你经过的时候用心捡拾、细心保存，时间这条丝线会将它们串联起来。丝线上的珍珠越多，你生命中的财富会越多，这些点点滴滴积累的财富总有一天会给你的人生带来别样的收获。

所以，女儿，用心、用文字去记录你美好的青春岁月，让每一段时光在生命中永不褪色。

2015年11月17日（第15封信）

女儿：

从上海回来已经好多天了，我还是忍不住想起那天从黄浦江渡轮下来，我们在入住酒店的西餐厅用餐时，妈妈对你的呵斥和愤怒，妈妈向你道歉哦。

本来那天我们玩得很开心，按计划走了上海很多条老街。后来妈妈提议去看看夜晚的黄浦江（现在想想起初你就不愿意，只是不想扫了妈妈的兴致）。

从我们买到渡轮票的那一刻起，你就开始抱怨票价不值。我知道你有你的观点，但从你的言语中我感到你内心的浮躁和对待事物的苛刻。

于是，在回到酒店用餐时，你因为一件小事和服务员生了气。

女儿，很多事情，如果你认为不值，可以不做。

但不必大发牢骚，心生怒气。

妈妈以为，物价的贵贱自然有它的合理性，当然我们排除欺诈。贵贱是它的价值，你可以不买，但你不能因为自己能力有限而抱怨，从某种意义上讲，抱怨表现了你内心的狭隘和自卑。

应该不应该，合理不合理，它都是存在的。对于有价格的商品，如果我们认为值，在我们的消费能力之内，我们就要开开心心享用；如果我们认为不值，或者超出我们的经济能力，我们要学会欣赏。

就如许多名牌衣物，很多女孩子喜欢仿版，妈妈就一直不理解她们，如果我们没有能力购买就不要购买，为什么要去买一个仿版来欺骗自己呢？

女儿，虽然金钱对我们很重要，但对待金钱的态度，妈妈认为更重要。属于我们的，我们欣然接受，消费能力范围内的，我们开心享用；不属于我们的，不在我们消费能力范围的，我们不虚荣，不作假，不索取。

世界上有很多事情不合理、不公平，你有能力解决就努力去解决，没有能力解决就不要抱怨、不去苛求。我们要学会调整自己的情绪，摆正自己的态度。只有这样，我们才会让自己内心平和、心胸开阔哦。

祝开心！

2015年12月17日（第16封信）

女儿：

又看到你在微信朋友圈发的内容：“在冻成傻子的这个晚上……浪得飞起的我……”

不知是我out（过时），还是你更“潮”了，我们那么多阳光积极的文字怎么在大学生微信圈里就消失了呢?

你爸爸说看不懂，说你变了。

我本想安慰自己：你的青春你做主，让你张扬个性一把。

但是，你微信不断更新的状态还是让我忍不住想对你说点什么。

从英国回来那天，我去车站接你，你和我聊的第一个话题不是在牛津、剑桥得到了什么，对英国的文明有何感悟，而是抱怨北京的拥堵，斥责你在北京车站遇到的那个不礼貌的服务员，讲述你怎样怎样和她理论，似乎满腹牢骚，甚至你还称赞自己终于敢于吵架，像个辣妹！

妈妈什么也没说，你知道妈妈在想什么吗？

女儿，妈妈知道你试图改变自己，脱离文静乖巧，变身泼辣强悍，像个女汉子，不再“受气”。你受爸妈传统教育做了十几年好女孩，你要做一次不一样的自己！

妈妈理解你，妈妈也支持你有自己的青春、自己的生活态度和处事方式，充分展现自我个性，但是，女儿，你想过没有，改变的真正意义在哪里？

性格的形成有先天因素，也有后天成长经历和环境因素。就像农村的姐姐，从小就和哥哥玩儿爬树一类冒险的游戏，她天生胆大，但是，你永远也成不了她。

如果不了解自己的本质，盲目改变自我，一味放纵自己，以大声说话、敢于骂人为强势，认为说粗话、对事满不在乎是个性，随波逐流地追逐平庸、追求低俗，良莠不分，不仅会让自己的优秀品质逐渐消失，而且会有东施效颦的结果。

我们信奉“人不犯我，我不犯人”的生存之道，但表面的强悍和眼前的胜利未必就能成为真正的赢家，有时反而会给你带来更多困扰和麻烦，因为这个世界“垃圾人”很多，我们需要的是内心的强大。我们不能软弱，但是我们要在知己知彼的情况下强势！

无论怎样的社会，怎样的时代，都需要良好的文化修养，需要阳光和正能量。女儿，青春是生命里灿烂的阳光，宽容的胸怀、善良的心地、敦厚的品性，才是青春的个性，才能成就心底永远的阳光。

希望你在妈妈唠唠叨叨的文字中有所感悟，真心祝你：做好真实的自己，健康快乐！

2016 年 1 月 27 日（第 17 封信）

女儿：

这个寒假你很辛苦，18 号回来，19 号早上 8 点就走进了雅思培训课堂。

你想要参加雅思考试，为大四出国留学做准备。

本来你计划在学校报名学习，妈妈考虑到放假你一人在学校，每天还得来回 2 小时路程去校外上课，就动员你回来学习。

虽然妈妈最初心里同意你的想法，一直劝说自己你已长大，要学会放手，但思前想后，还是不放心你寒假留校，就极力劝说你回来报名学习。

经过学校紧张的考试月后，你没有喘息，直接进入寒假集训状态，每天 8 点开始，12 点 20 分结束。

因为天气寒冷，天又蒙蒙亮，爸爸不放心你

早上一人出门，偷偷跟着你，不料你竟然“怒了”。

你认为自己已是大学生，不应该让父母再操心，但你的态度却伤害了爸爸。

女儿，在爸妈心中，你永远是未长大的孩子。其实，你早上出门，我也很担心，一直在想着你的出行路线，想着那个地下通道会不会很黑，行人会不会很多，直到手机上收到你的报到提示。

其实，妈妈也知道你已长大，虽然我们应该放手，但是，女儿在爸妈心中，长大的永远是年龄，呵护和不放心永远存在。

中国有句古话：儿行千里母担忧，母走千里儿不愁。

你大学期间，只要走出校门，我的心就跟着出了校门。有时你手机联系不上，你不知道那一刻爸妈有多担心，每次都得等到你回校后发了消息才会安心。你在英国期间，爸妈每天守着手机到凌晨 4 点，等到你的消息才开始睡觉。那段喜忧交加的时光，现在还常常在眼前浮现，我还常常和爸爸说起。

女儿，说了这么多，只是想告诉你，我们爱你，用我们自己的方式爱你，用中国家长的方式爱你，我们知道这种方式不可取，但女儿，你也不要生气。知道你心疼爸妈，知道你想独立长大，但你要用爱的方式来告诉我们，而不是情感“伤害”。

女儿，我们彼此理解，互相改变，希望你尊重和享受爸妈的爱，然后用爱的方式回报爸妈的爱。

爱，对我们彼此都很重要。

2016年2月29日（第18封信）

女儿：

这个寒假在紧张的培训后走进春节，似乎没有喘息。

春节期间，我们在外婆家。因为节日，你开始放纵自己，开始追韩剧。一部《来自星星的你》让你昼夜不分、黑白颠倒。你似乎忘记了雅思考试，忘记了寒假计划，昏昏沉沉用3天的时间看完韩剧，结果病了。

本以为你是普通感冒，像平常一样很快就过去，不料这次感冒却顽固得很，竟然让你一直高烧不退。

高烧第二天，我和外婆领着你去医院化验血常规，白细胞偏低。第三天，高烧仍然不退。我和外婆又带你去了第二家医院，结果一样，妈妈慌了神。

那一日，纪念我祖母去世三周年，家里来了

很多亲戚，为了不影响你休息，下午 4 点，当你在药物作用下退烧之后，妈妈决定带你回省城。

我们到达省城医院已是晚上 7 点，挂了急诊，做了各项检查，开始输液。

又是一夜，我和爸爸轮流陪你。我蜷缩在你的病床一角，爸爸守护在床边。女儿，不知那一刻你怎么想?

输了 3 天液体，烧退了，但白细胞仍旧很低，我开始胡思乱想。

回到家里，我装作满不在乎的样子和你说笑，全心全意为你准备三餐，但只要有空，我就上网偷偷查找各种白细胞低的原因。

其实，妈妈知道你也在偷偷查找，只是不想让妈妈看到。妈妈内心感动你的懂事，你关心着妈妈，不时回应着妈妈的说笑。其实，妈妈感觉到了你的想法，我们彼此内心都有疑虑，只是都留给了自己。

已经误课一周，因为不放心，在准备到校的前一天，我建议你又去做了化验。

等待化验结果的时候，我一直在祈祷。明明知道一切都会正常，但就是不能让自己镇定，默默流着眼泪。

女儿，这个假期，身体健康成了我嘱咐你最多的话题。因为生病，你没有按时到校，没能参加雅思考试。你想过没有？没有健康会耽误你很多事情，你会失去很多梦想。没有健康，人生一切都可能成为零。

只有拥有健康的体质，才能实现人生的目标，成就理想的自己。

女儿，健康是生活习惯和生活细节的存储器，你要从饮食、作息等生活习惯一点点开始存储，还要不间断地加强体育锻炼。

记住：你的健康就是你人生最大的财富，也是爸妈最大的财富。

2016年3月17日（第19封信）

女儿：

又是阳春三月。

你说想约我再去趟扬州。

你是想起2006年五一节那次我们去扬州吗？时间真快，一晃就是10年，当年买给你的太阳花还在你屋里笑开着呢。

你还记得为什么买太阳花吗？那天天气非常热，游客又特别多，在瘦西湖，除了攒动的人头，似乎看不到传说中的景致。

你噘着小嘴，一脸不开心。正好走到一个玩具摊前，我看见一朵布制的太阳花，绿色叶片包围着红红的笑脸，那个笑脸阳光灿烂。

我买下它，送给了你。记得妈妈对你说："宝宝，希望你永远像这朵太阳花一样，笑容灿烂。"

你似乎也意识到自己的状态，拿到花冲我调

皮地笑了一笑，那一笑，我拍了下来，成了你 12 岁的旅行记忆。

女儿，妈妈说这些是想和你聊聊我们对自己的管理。那个定格在 12 岁的笑脸就是你对自己情绪的管理。

妈妈在之前的叨叨里提到过情绪管理、健康管理，不知你是否真正理解又努力做到？

正月里你无节制地熬夜追剧，大病一场，就是你不能有效管理自己的后果。

生活中，我们常常喜欢要求别人、管理别人，而往往忽略了对自己的要求和管理。

我们不喜欢别人发脾气，却控制不了自己发脾气；我们悲悯病人的身体，却不去保护自己的健康；我们羡慕成功的掌声，却忘了自己也有努力的时间……

女儿，阳春三月，正如你现在的年龄，是人生最珍贵的季节。这个季节很短，短到转瞬即逝，但这个季节很珍贵，因为所有的收获都来源于这个季节。而你，就是这个季节唯一的种梦人和管理人。

用你的知识、你的能力来管理好你自己的春天吧！妈妈希望未来的日子里，你收获的不仅仅是你的梦想，还有健康的身体和快乐的笑容。

2016年4月17日（第20封信）

女儿：

从南京回来已一周，这个小长假我过得非常开心。

闲暇时，我常常想起那个晚上我们在西塘酒吧的谈话，其实，那是我一直想对你说但一直没有机会说的话。

我们聊天的主要话题是社交礼仪。社交礼仪在我们生活中非常重要，尤其投身社会走上工作岗位，其中待人接物是我们最起码的社交常识。

我们同行4人，你年龄最小，虽然我们是客人，叔叔阿姨热情招待我们，但我们也是同伴，因为一同出游。

在旅行中，你要积极主动承担一些事务，比如排队购买门票，查询旅游攻略，酒店饭店咨询等。旅途中，你要积极主动和大家沟通聊天，用你的知识和见识打破旅途中的枯燥；饭桌上，你要主动给大家端茶倒水，赞美菜品的质量；在风景区，你要主动给大家拍照，活跃旅行气氛……

你如果能始终微笑，主动问候、体谅、关照他人，不论谁和你在一起，都会感到愉悦和开心。

我们不必迎合什么，但起码的礼仪是良好修养的必备。妈妈希望娇惯的你不仅注重自身内在修养，而且懂得社交礼仪，让自己成为大方得体的女生。

2016年5月9日（第21封信）

女儿：

今天是你的生日，5月9日，我喜欢的日子。

因了这个日子，我生活中所有能用数字表示的东西都会出现5和9。

5这个数字，在象征天地之气的河图洛书里，是一个支配天地之气的数字，在《易经》里，又是平衡阴阳的数字，所以5月，因这个数字而备受喜欢。

夏历5月又称皋月，May（英文5月）是罗马神话中专管春天和生命的女神。

5月是个喜庆祥和的月份，国际劳动节的鲜花迎来5月，迎来青年节、母亲节，还有护士节。这个月份，典雅的丁香花、洁白的槐花，飘散着醉人的芳香开在城市的大街小巷。5月的新娘，似乎也成了5月特定的称谓，带着节日的祝福，走进婚姻的殿堂。

就是在这样的5月，在一个阳光洒满大地的早晨，一个小生命在母亲的阵痛中诞生了。

这个小生命，在外婆的呵护下，在5月的花香中，渐渐长大。

这个小生命，在4个月的时候就长途跋涉、翻山越岭，历经5个小时从雁门关外来到省城太原。

这个小生命，在频繁往返300公里的旅程中，在10平方米的满屋书香中成长为女孩。

这个女孩，度过了十年寒窗，经历了2次高考，华丽转身走进南大校门。

这个日子，5月9日。

数字9在阿拉伯数字中最大，所以常常用来表示最多、无数的意思，应了谐音，又有长久之意。所以这个日子被我欣喜接受。祥和的月份，长久的日子，我希望我的女儿在这样的日子里，许下她的各种心愿，实现她最美的梦想。

女儿，衷心祝福你健康永久，快乐永久！

2016 年 6 月 17 日（第 22 封信）

女儿：

5 月 20 日，南大举行集体婚礼，不仅仅是选择了这个商家用数字营销的日子，而且，这一天是南大的 114 岁生日。

这一天，你在微信朋友圈发了一篇长长的感言：

> 一直觉得办婚礼是一件很尴尬的事情（害怕热闹而且害怕成为热闹的中心），但是今天这个集体婚礼真的是让我好感动。
>
> 同学说：如果你遇到喜欢的、想结婚的人就不会觉得婚礼尴尬了，只会想和全世界分享幸福。也许，真的是这样。长大以后，就不会像小时候一样期待白马王子了，偶像剧里的浪漫再也打

花开有期

动不了我，让我感动流泪的反而是那些平凡人平凡生活里的小幸福（就像今天这种）。现在的我对单身这件事情不再那么恐惧了。我渐渐觉得，爱情就像生活里的甜品但不是午餐。没有甜品的日子少了很多快乐和甜蜜，但快乐和甜蜜也不全由甜品带来啊。拥有甜品的人过得更快乐，但是没有甜品的人也可以好好生活。被喂狗粮的时候也是特别真诚地祝福他们。我也不怀疑脱不了单是不是自己有问题，我觉得很好的一种态度就是：有则珍惜 TA，无则珍惜自己。Anyway（换句话说），无论是单身还是吃甜品，无论是选择单身还是选择吃甜品，人生嘛，开心就好。

女儿，我之所以把它誊抄下来，是想给你留作一个心路的纪念。

每个人在成长中都会遇到问题，尤其长大后的爱情和婚姻问题。很高兴，你把爱情比作甜品。真正爱你的人，一定是爱你的灵魂。在那个他没有出现之前，一定要珍爱自己，切不可因为想要爱情而匆匆选择，违了自己的真心；也不可飞蛾扑火去寻找一份不属于自己的爱情。记住，是你的，他总在那里等你，不是你的，牵了手也会放开。

祝女儿在快乐中等待，也希望那份幸福早早来临。

2016年7月17日（第23封信）

女儿：

期盼着的暑假又到了。

6月30日，你考完了所有课程，7月1日早上6点，阿姨开车带着爸爸、弟弟和我出发去南京接你。

正值南方雨季，进入安徽，一路下雨，一路收到你的问候信息，收到你急切见到我们的心情。

到了学校，已是晚上7点。因为暴雨，天色已黑，你早早就等候在预定的酒店大堂，看到我们，幸福的笑容溢满了脸庞。

你俨然小主人，为我们安排好住处，又给我们点了丰盛的晚餐。洁白的短袖配浅色牛仔裙的你，让妈妈瞬间觉得你真的长大了。

其实，你早已长大，只是在妈妈眼里，你永远是那个喜欢噘嘴、喜欢撒娇的小女孩。

当我在饭桌上习惯地喊你宝宝的时候，你笑着纠正：老妈，不要喊我宝宝啦，多大的女儿啦。

在妈妈眼里，你一直就是宝宝，妈妈心中唯一的宝贝。

那天，看着你大包小包从宿舍区走出来，我想起高一入学那天，因为工作原因爸妈没能去学校为你收拾床铺，你一人扛着被褥从一楼到四楼，那么大的棉被，那么重的床垫，当妈妈赶到学校时，你已全部安排妥当。

妈妈常常惊讶你幼小的身体里蕴藏着巨大的能量。

妈妈一直以来工作太忙，对你疏于照顾，但你从小善解人意，一直很理解妈妈，常常独立完成很多事情。妈妈从心底谢谢你。

那天，我和你聊天，聊到自己工作的现状和对未来的困惑，你竟然一针见血指出我的心态，我顿时哑然。

女儿，你真的长大了，尤其这个暑假。

你对我说，一个好的学校会让你从内心成长，她的文化和资源给了你润物细无声的熏陶。看着文雅的你，我真正感受到了大学的魅力，成长的蜕变。

你鼓励妈妈重新拾回自己喜欢的文字，把自己的旅游心得、生命随感、读书体会用文字记录下来，保存起来，让自己也让更多人，在某一天能够读到。

谢谢你，女儿。

这个假期，忽然感觉妈妈只有一个义务了，就是做好饭菜。好像更多的时候，是你在照顾妈妈，在聆听妈妈。

女儿，我感受着你的成长，为你骄傲。

祝愿你在成长的路上，赏尽天下美景，乐享人生安祺。

2016 年 8 月 28 日（第 24 封信）

女儿：

8 月的假期很快就要结束，这个假期，你收获了成长，更添了成熟。

想起 7 月 19 日那天，我们城市十年不遇的暴雨把你延误在机场。那天，妈妈有事外出，你独自一人在机场足足等了 3 个小时，然后飞到昆明，但昆明已没有了去往大理的飞机，你只好暂居昆明，改签次日起飞。

这是你第一次独自出门。去年去英国，你一路有同学为伴，虽辗转颠簸 24 小时，但也如期到达学校。

这一次，你没有同伴，独自一人，又一次经历了别样的旅行……

因为飞机晚点，你误过航班，因为误了航班，你必须在陌生的城市留宿……这些意外都发生在这次旅行中。

其实，这种意外，生活中常常会出现，只是我们大多数人习惯了常态，常常忘记了准备面对意外的措施。

妈妈以为，在你成长的过程中，每一次意外都是一次历练，每一次意外都会对你有所启迪，甚至有意外的收获；而每一次意外的经历，都是你未来从容面对生活的底气。对于人生中或生活中出现的意外，就看你怎样去看待，这是一种生活态度，也是一种胸怀。

想起看过的一句话，意思是：世上没有完美的人，也没有完美的事，我们的任务，不是去寻找完美，而是努力以完美的眼光去欣赏一个不完美的人，看待一件不完美的事，把瑕疵和缺点都看作是完美不可或缺的因子。

女儿，愿你在每一次不完美的意外中收获完美。

写在大三

2016年9月4日（第25封信）

女儿：

开学季又到了，即将步入大三的你又一次背起行囊独自起飞。

我去机场送你，似乎不再有离别的伤感，虽然还是有些许失落。看着你转身走进安检队伍的背影，我为你的成长再一次自豪。

这个假期，你参加了第一次雅思考试，口试后的兴奋和笔试后的些许惆怅，让我感觉其实对你成长最好的教育莫过于经历，尤其是失败的经历。

有时候想，在你的这个年龄，我们已经有了家庭的责任和照顾父母的义务，而你还像个无忧无虑的儿童，不识柴米油盐。但每次我去机场送你，看你转身的一瞬间，又忽然感觉你已经长大，因为只有长大了才会远行。

那天，作为你的采访对象，我接受了你的采访，你的独到见解和对问题归纳总结的能力让我惊讶。你创建了一个个人的微信公众号想要记录生活，我自告奋勇要做公众号管理者，其实，是你的学习能力和对事物的领悟力感染了我，鼓励了我,也是你的访谈提醒了我,不能这样逃避下去，要积极起来，做自己喜欢的事情。

真的谢谢你，女儿，忽然发现，原来成长也是妈妈必修的功课哦。

愿你在你的优势里成为妈妈的老师，愿你在你的领域里卓越成长!

2016 年 10 月 7 日（第 26 封信）

女儿：

这个国庆假期，你放弃了休息，参加学校的“有灵且美 2016”培训活动。你告诉妈妈，活动的内容是让农村女孩自信起来，让她们和城市女孩一样美丽光彩。

看着你发来的活动图片，看到你和同学们灿烂的笑容，妈妈欣慰。青春的美丽不仅来自青春本身，还有发自心底的善良。

你告诉我，这些来自偏远农村的孩子其实很可爱也很漂亮，就是因为农村环境闭塞、教育资源相对缺乏、生活贫困，才导致她们没有自信，不敢大声说话，不能大胆表达内心的想法。

你告诉我，你没有农村生活经历，不能真正理解来自农村的孩子，你和她们说话总是很小心，总害怕会伤害了她们的自尊心。

你告诉我，你非常喜欢这个活动，你似乎有了责任和义务，想让更多的农村女孩和城市孩子一样自信起来。

……

看着你不断发来的文字，妈妈体会着你的感受，感受着你付出的快乐。

想起一句话：授人玫瑰，手有余香。生命中的快乐，得到拥有是快乐，付出给予也是快乐。

女儿，尊重他人的感受，享受快乐的付出，是源于心底的善良。妈妈真心希望，你们的活动能把这种笑容传递给每一个女孩，不管她们来自哪里，请她们记住：美丽、快乐、自信，是每个女孩的权利，是生命赋予她们的权利，没有什么能剥夺！

2016 年 11 月 17 日（第 27 封信）

女儿：

你告诉我德国图宾根大学的申请通过了，你告诉我你得了奖学金，你告诉我你要学习德语，你告诉我你在努力通过第二专业广告学的结业考试……

太多的好消息从微信传来，传递着你的信念和计划，也传递着你的开心和幸福。

妈妈回复你的除了祝贺，还是千篇一律的那句话：你开心就好。

是啊，你开心就好，这是妈妈唯一的心愿。

不知是从小学的哪一天开始，你放学后，妈妈的第一句问候就是：“宝宝，你今天开心吗？”

于是，你牵着我的手，很开心地讲述学校发生的开心的事情。有时候，你也会不耐烦地回答我：“哪有那么多开心的事？”

但是，妈妈总是不厌其烦地重复着这句问候。女儿，对妈妈来说，你开心是我最大的心愿。

你从小在外婆身边长大，3 岁上幼儿园才回到爸妈身边。爸妈忙于工作，疏于照顾你。从你记事起，陪伴你的就只有满屋的书籍。渐渐地，你习惯了一个人独处，但常常生闷气。无论何时、何地、何种场合，只要不开心，马上就会嘟起小嘴，皱起眉头。

女儿，你知道吗？妈妈多么希望你每天活蹦乱跳，灿若桃花，春风满面！

从那时起，你开心就是妈妈最大的心愿。因为妈妈一直坚信，只有身心都健康的孩子才会是最优秀的孩子。

于是，我们一起去买太阳花，一起在墙上画笑脸，一起去草坪上奔跑大笑，一起疯狂打游戏。

渐渐地，你习惯了开心，习惯了忘却烦恼，习惯了和小朋友嬉笑打闹。渐渐地，你长大了，长大的你脸上总是洋溢着灿烂的笑容。

你也有不开心的时候，也会遇到人生的十字路口，但是，因为你的阳光自信，你总是会做出正确的选择。

女儿，开心和快乐是生命的阳光，生命有了阳光才会有温暖；有了温暖才会有成长的喜悦；有了成长的喜悦才会有丰收的硕果；有了丰收的硕果才会有生命的幸福长久。

所以，你开心，就是妈妈最大的心愿。妈妈坚信，快乐的身心才会营造快乐的生命。

2016 年 12 月 17 日（第 28 封信）

女儿：

今天无意中又看到你的作文集《七彩童年》。当读到书中《寒风中》一文时，妈妈不自觉想起那个冬季，那辆双层的巴士和我们寒风中牵着的手。

也是 12 月，你上六年级。因为加了自习课，你每天 7 点左右才放学。12 月的天很快就黑了下来，妈妈每天站在小区入口，等待着那辆黄色的双层巴士，等待着从巴士上下来的你。

那辆巴士总是很慢很慢，里面总是挤满乘客，你娇小的身体每天就这样挤在乘客中。妈妈心疼你，几次要求去接送你，都被你拒绝。

每次你从车上下来，都会亲切地喊一声“妈妈！”你知道吗，那一声“妈妈”喊去了多少担心，喊出了多少温暖。然后，我们牵手回家。车站到家大约有十分钟路程，这段路程中，你总会和妈妈说说学校的趣事。

《七彩童年》是你的小学作文合集，是爸妈送给你的成长礼物。我们原计划在你成长的每一阶段，都送一份礼物给你，但忙碌的生活淹没了很多计划。

其实，现在想想，不是生活忙碌改变了计划，而是一直以来我们就没有坚持一种生活。

很多坚持，是因为被动，比如寒风中我们每天的牵手。

小学毕业后，你上了初中，因为不需要妈妈接送，我们也似乎少了每天的交流。所以，你初中、高中的很多时候，现在想起来，在我的生活中就是断片。

你在忙碌的学习中成长着，我们在忙碌的生活中失去了很多关于你成长的记录。

就这样一晃十年过去了。

过去的十年，很多事情已回不去了。

妈妈原来一直有记日记的习惯，后来因为工作、生活的忙碌总是时断时续，最终没能坚持下来。

现在想想，其实不是因为忙碌，而是因为没有养成一个良好的习惯。好像看过一篇报道，说一种行为坚持 21 天就会成为习惯，坚持半年就成了生活的必需。

其实，我们每天的生活都会有大量碎片的时间，如果能把这些碎片时间充分利用起来，培养一个良好的习惯，比如锻炼，比如读书，比如记日记，比如思考，等等。当这个行为成为习惯，当这个习惯成为你生活的一种方式时，这样的生活该是何等愉悦美好！

培养一个好的习惯，开始会很难，会被各种借口、各种事情打断，就如实习期驾驶汽车上路，刚开始总会有路况、车况、一些突发状况让你频繁刹车。当最后轻车熟路了，你会发现除了特殊情况你很少再去刹车，匀速行驶已是你旅行中一种常态。当良好的习惯成为我们生活中的一种常态时，我们享受的是旅行途中驾驶的愉悦，还有这种愉悦带给生命的美好。

这段文字写给你，其实也是写给我自己的。希望我们共同努力去培养自己生活的良好习惯，让良好习惯成为我们的生活状态，让我们在良好的状态下享受生活的美好。

共勉。

2017年1月1日（第29封信）

女儿：

元旦快乐！

下午，你微信问我：如果有只想和他做好朋友的男生表达爱慕怎么办？如果拒绝会不会伤害友谊？

女儿，记得去英国前和妈妈那次逛街吗？你想买一件中式旗袍，试穿了好多件，虽然感觉都还好，但都放弃了。最后在一间专卖店，你毫不犹豫买了两件。

你在买到满意的旗袍后对我说了一句话：犹豫是因为不够爱。

你没有谈过恋爱，总说自己情商不够，女儿，其实不是你不会谈恋爱，也不是你情商不够，而是因为你还没有遇到真正喜欢的人，遇到让你想恋爱的男生。

对于感情，拒绝是一件很正常的事情，只要不伤害到对方，妈妈相信你们依然可以成为好朋友，因为你拒绝的是他想要的爱情，而不是拒绝你们的友谊。

友谊和爱情是完全不同的两种东西。有些人，一生相处，情同手足，却没有爱情；有些人，只是刹那间眼神的交换，就会让你爱恋一生。

女儿，在你最好的年华，你有权利寻找自己想要的爱情，不可为了迁就别人的感情而委屈自己，更不可为了某种利益或目的随意挥霍自己的感情。

选择也许让你感到为难，但犹豫一定是因为不够爱。祝女儿新的一年心想事成，早日找到自己的爱情。

2017年2月24日（第30封信）

女儿：

听到你从话筒里传出的哭声，妈妈很心疼。

但是，妈妈还是狠着心对你说：你认为哭能解决问题，就好好哭一场。

是的，你舟车劳顿去了上海，很晚才找到酒店住下，早上7点就去挤地铁，到了德意志银行，又等了两个小时，却被工作人员告知资料不全……

你委屈，第一次独自办公就受阻，但是，女儿，这个结果与你自己不是也有关系吗？你在办理业务以前就没有完全了解清楚。

妈妈不是想指责你，妈妈只是想告诉你，遇到问题一定要学着如何解决问题，而不是抱怨、退缩。生活中，工作中，今后会不断地遇到问题，有些问题我们可能会预想到，有些问题可能永远都不会想到。所以，在遇到问题解决问题时，你要学会冷静客观，积极面对。

很多事情，在开始之前，一定要考虑周全，考虑清楚，有时候还要考虑到最坏的结果。如果这个最坏的结果不是你所能承受的，你就要果断放弃，如果事情不得不做，你就要准备几种应急方案，这样就不至于在遭受困难打击时手足无措。这是一种应变能力，是你今后人生中必备的素质。它与我们的阅历有关，与我们的性格有关，与我们的胸怀和格局有关，而这些，都需要我们在日常工作、生活中去努力培养。

很多时候，很多事情你必须学会自己承担，爸妈不会陪你一辈子，也不会管你一辈子。你总要长大，长大的你总要面对这样那样的困难和问题。很多第一次是你必须经历的，它是你成长的助推器。虽然在我眼里，你永远是个长不大的孩子，但妈妈必须让你学会独自承担这些东西，只有这样，你才能真正快速成长，才能愉快地走过漫长的人生。

妈妈终于明白也许早该放手。爸妈总认为你是个女孩子，总是有太多担心，但妈妈忘了应该给你的是“渔”而不是“鱼”，应该教你的是织网打渔的技巧，应该告诉你没有网就没有鱼的生存之道，而不是努力为你编织渔网，努力给你创造打鱼的环境。

女儿，今天这件小事让我想了很多。从现在开始，你一定努力去培养自己思考问题、解决问题的方法和能力，努力学会跳出问题看问题，站在高处看问题，努力让自己在种种问题中开阔胸怀、放大格局。记住，所有的问题都是你成长的助推器。

2017年3月29日（第31封信）

女儿：

这是妈妈送你去机场回来写给你的信。

在国际出发入口，你主动拥抱了妈妈，也主动拥抱了爸爸。

从入口到安检区，有很长一段路。背着黑色背包的你随着人流前行。妈妈感觉到你的脚步很慢，我想转身离开，但还是想目送你一段。

走出几十米后，我看见你转身回头。女儿，就在你转身回头的那一瞬，妈妈一阵心痛。

女儿，你长大了。

但是，长大的女儿却因为父母过多的爱，背负了过重的负担。

一直以来，我们嘘寒问暖，我们无微不至，我们以为这是父母给孩子最好的爱，却不知这样的爱在孩子成长过程中会带给孩子牵绊。

女儿，你长大了，有自己的理想和愿望，有自己的行程和规划，爸妈给予你的永远是力量和勇气、支持和理解。虽然爸妈会以爸妈的方式爱你，但你千万不要被我们的爱牵绊住脚步。你大胆地、勇敢地往前走，不要回头，不要转身。你只要记住，在你前行的道路中，你的身后，永远有爸妈这个坚强的后盾。

我们的目送，是你前行的勇气和信心，不是对你的留恋和不舍，你不必在意，不要转身和回头，即使送行的目光中有眼泪，那也是因为你的优秀，是幸福而欣慰的眼泪，是骄傲的眼泪，不要太在意，不要太牵挂。

你永远记住，无论怎样的爱，都只是爸妈的一种表达方式，在你前行的道路上，它给你的永远是陪伴，没有负担。

女儿，你大胆地放飞自己吧，在属于自己的天空里自由地飞翔。你的快乐和健康，就是送给我们最好的爱。

这封信，是写给女儿的，也是写给我自己的。对善良懂事的女儿而言，我们照顾好自己，就是对女儿最好的爱。

2017年4月17日（第32封信）

女儿：

这个4月，你远渡重洋，到了和我们有7个小时时差的德国。

每天，我在午后3点，给你一个“早上好”的微笑。很快，你会给我们回复一个快乐的表情，然后再给我们发一些漂亮的图片，和我们分享你的早餐，分享你所在城市的风景，还有你的所见所闻。

看着你算不上丰盛的早餐，看着你快乐的微笑，妈妈从心底里觉得你长大了：懂得了照顾自己，懂得了分享快乐。

有人说，出国留学的孩子都会学着长大，长大不仅仅意味着学会照顾自己，更意味着开始关心父母，和父母分享幸福和快乐。

这个4月，我真的开心，虽然对你有深深的

思念，但我不想对你说，因为我知道对于善良懂事的你来说，过分的情感表露会给你增添负担。妈妈只需要你开心快乐，妈妈最大的心愿就是你健康快乐。

2017年5月26日（第33封信）

女儿：

5月13日，我也来德国了。在到达慕尼黑前一天，我们约好在慕尼黑见面，但考虑到你要有半天的车程，妈妈跟随旅行团时间又不定，最终我们擦肩而过。

在欧洲的十几天，妈妈感触很深，再一次为你能争取到图宾根大学交换学习的机会感到骄傲和自豪。

欧洲有许多先进的、积极的东西值得我们去学习。在德国，我看到了领先世界的工业制造产品和德国人严谨精细的做事风格，在这里，你要去感悟和学习他们教育的精髓。当我步入意大利罗马街道，步入佛罗伦萨时，有800年历史的意大利在我的脚下呈现，他们对历史的尊重让我感慨：这是一个国家文明程度的体现，一个国家远见和胸怀的体现；在瑞士，当我经过 4 道缆车登上海拔 2700 米的阿尔卑斯山，走进山顶那座现代化建筑时，我被震撼到了。走进 007 电影博物馆，看着各种高科技展品，坐在山顶旋转餐厅看着窗外白雪，我想，何时我能坐在我们国家的山顶餐厅远眺呢？我相信，这个愿望在你们这一代人手中一定会实现。

女儿，这次欧洲行给妈妈留下很深的印象，真的为你能有这次机会而骄傲。如果学业允许、时间允许，你和同学相约去旅行吧，去看看欧洲的现代、欧洲的历史。旅行也是一种学习和经历，是成长过程中必需的课程。旅行中，你不仅是欣赏风景，更要了解一个国家的历史和文化精髓，充实知识，丰富阅历，让思想和心灵在旅行中升华。

2017年6月25日（第34封信）

女儿：

忙碌的六月，我们似乎很少交流。

今天在视频里看到你憔悴的样子，妈妈很心疼。

你告诉妈妈昨天宿舍又开party（聚会）了，很吵。你说，德国人爱开party，一周两次，你也会参加而且也会喝啤酒。你调侃自己这学期喝的啤酒相当于之前20年的总量。

妈妈看着你，不知是欣慰还是担心。

其实，对你，妈妈从来没有担心过，除了怕你身体吃不消，你的理智和节制完全有理由让妈妈百分百放心，唯一不放心的是你过于善良，不会拒绝别人，害怕为难别人，即使你不喜欢的事情也会面带笑容完成，就如这一场场活动，你即使不想参加，也会因为同学盛情邀请而熬过午夜。

妈妈知道，你是个喜欢安静的孩子，虽然偶尔也会疯闹。你习惯中规中矩的生活。记得有一次你告诉我，在厨房看见一个墨西哥女孩，很胖但衣着打扮很性感，很有女人味儿。你说忽然发现自己就像一个中学生，还是一个只会穿运动休闲服装的中学生。

妈妈内心隐隐自责，小时候只考虑你的健康，严格限制你沾染口红、指甲油之类的化妆品；长大了由于学业紧张，你每天一身校服来去匆匆，加上妈妈一生素颜，在穿衣化妆方面也给了你诸多影响，从而导致你整个高中时代甚至上了大学也是一身中学生装扮。

有一次妈妈和你聊起交友，你一本正经地告诉我："像我这样中规中矩的女生很难有男生喜欢。"

女儿，妈妈只想告诉你，爱上你的那个男孩一定是真正读懂你的那一个。美有张扬的娇艳也有低调的含蓄，适合你个性的就是最美的。

你的青春，可以按你想要的方式来过，不要后悔，不留遗憾，无论怎样，妈妈都会给你最多的理解和支持！

2017年7月22日（第35封信）

女儿：

你告诉妈妈定了8月8日的航班回国。

你开始为回国准备。微信上，你问妈妈给外婆外公带什么，给舅舅和舅妈带什么，给表妹带什么，给同学带什么，给导师带什么，给爸爸妈妈带什么，给好朋友带什么……

女儿，妈妈看到你费心选择礼品的同时，也看到了你处处为他人着想的善良和细腻的情感。你说想为小表妹买个书包，为同学买些别致礼品，为外婆外公买些保健品，为妈妈买些化妆品，为老师买些纪念品，等等。

看着你微信中不断更新的图片，妈妈知道你在精心地选择。

选择礼品，是一件很费心思、很费时间的事情。妈妈知道你很用心，你想带给每一个你爱的人快乐和开心，你想每一份礼品都能让对方满意。

看着你的留言、你的图片，妈妈想着你在商场里精心挑选的样子，想象着你站在礼品前犹豫、斟酌的样子。

女儿，妈妈想告诉你，不必为这些事情太费心思，简单快乐一点就好，照顾好自己。

有时候，人际关系是最复杂的关系，人情是世上最难掌握的情感。妈妈希望你简单开心，不必过早羁绊于复杂的人情世故中，不必刻意去做什么，一切随意就好。看见了，喜欢了，方便了，就带些回来，不必勉强，不必刻意，不必把时间浪费在商场里。你应有更多的时间去图书馆，去教室，去旅行。

善良和爱心必须要有，但我们不能因为善良和爱心影响自己的生活和心情。如果自己都不能好好地爱自己，又何谈爱别人？如果那样不就是为了讨好别人而爱吗？

妈妈说这一切，只想告诉你：不必为带什么礼品、给谁带礼品而苦恼、费心，当一件事成为你的负担时，宁可不做，因为它影响了你的生活和心情。

你的生活和心情才是决定你做好事情的前提，当这个前提不存在时，所有的事情就失去了意义，那样，我们宁可不做。

最后，妈妈还是希望女儿开心！

2017年8月10日（第36封信）

女儿：

经历了30多个小时的劳顿，你终于顺利回来。妈妈拥抱你的那一刻，再一次为你的成长开心。

你长途跋涉从德国图宾根到达瑞士苏黎世，经历迪拜转机的漫长等待。凌晨1点又因为北京机场大雨降落在韩国仁川机场。当妈妈在半睡半醒间看到你到达北京首都机场的微信时，已是凌晨5点半，你继续安检，坐北京到太原的航班回家。

早上8点半，你拖着32号皮箱从机场出来。妈妈看到你经历了几十个小时劳顿而疲惫的面孔，心里非常难受。

我问你为什么不选择直飞，你说因为便宜。

女儿，借着这个话题，妈妈想和你聊聊价格。妈妈以为，有些时候，价格不能作为我们做选择的唯一指标，有时候浪费的时间和精力也是无形的价值。

很多时候，我们习惯选择打折商品，但是很多时候，打折的价格会给你打折的生活。品质和价格永远是成正比的，有些东西，看似便宜，只是因为我们没有考虑附加因素的价值，比如时间，比如品质、精力等，很多时候，这些附加东西的价值比价格本身更昂贵，只是往往被我们忽略。慢慢地，我们的生活就会变成折扣生活。

妈妈不是说便宜不好，妈妈只想说我们在选择有价格的商品时，要注意考虑性价比，考虑价格以外的其他因素，因为我们更需要的是商品价值带给我们的愉悦感受和美好体验。

当生活被打了折扣，我们怎么去享受生活带给我们的愉悦呢？

祝开心！

写在大四

2017年9月28日（第37封信）

女儿：

忙碌的九月。

偶尔的简单对话，你总是告诉我你在图书馆。

这是你最忙碌的学期，也是你最应该珍惜的学期。

这学期，你要再一次备战雅思考试，你要参加心理咨询师资格考试，你还要准备研究生申请资料，还要补听上学期的课程。

妈妈很欣慰，沿着你的大学生活，妈妈看到了你的规划和努力。你的大学时光，你的美好青春，在你用心的管理中，忙碌而充实。

想起开学前的那次谈话，我说希望你毕业后考公务员，或者去大学任职，这些工作对女孩子来说相对轻松，你却说，人生就是一种过程的享受，不必把未来像表格一样画得规规矩矩。

再想起这句话，妈妈感觉是自己老了，思维开始固化，所谓的经验在作怪，想用自己的认知指导你，给你规划一个貌似幸福的未来。

其实，谁能把自己的未来规划得清清楚楚，合合适适？

女儿，妈妈不想再给你关于未来的种种建议，你的青春你做主，你的人生你规划，只要想去尝试，就大胆去尝试，只要愿意去经历，就勇敢去经历。愿你在最美的年华，去放飞最美的梦想。

妈妈相信，只要足够勇敢，足够坚持，足够努力，你一定会拥有想要的未来！

2017年10月17日（第38封信）

女儿：

今天一早外婆在微信朋友圈播放她制作的视频相册，相册里是你和妹妹的照片，我知道外婆想你们了。随后我在群里发了很多你的照片给外婆看，你私信问我干吗发那么多，似乎有些不理解。

我告诉你，翻看照片是外婆最开心的事。

女儿，你不会明白，家长对儿女的思念就表现在不忍去打扰他们，又时刻关注着他们，这种情感是你上大学以后妈妈才真正体会到的。

今年中秋节正好在国庆假期，妈妈知道你忙，却还是让你飞回来和外婆一起过了中秋节。虽然只有一周的时间，但对外婆却是很长很长时间的温暖。团聚给外婆的生活又存储了很多快乐的记忆。

6号送你去机场，你说外婆老了，我一阵心酸。妈妈似乎在强加自己的情感给你，给了你太多的情感负担。我知道，你爱外婆，但妈妈也知道你有许多自己的事情要做。

女儿，这个世界上，无论你身在何处，一定有爱你的人在默默祝福你，关心你，他们从来不想去打扰你，但他们却在对你的思念中一天天老去。

所以，只要有机会，只要有时间，你一定要记得“打扰打扰”他们。一声问候，一张照片，一个语音，对爱你的亲人，都是最大的幸福和快乐。

2017年11月26日（第39封信）

女儿：

这个学期，你选择了一所医院的临床心理科实习。

你告诉我，在医院和患者聊天时，发现他们曾经都很优秀，其中有一位漂亮的女士从小到大都是学霸，美国名牌大学毕业后在一家上市公司做到高层主管，就是因为从小父母对她要求太严，养成自己要强的性格，很多事情放不下、想不开，导致健康出了问题。

你说你很幸运遇到我和爸爸。

我们聊起了从前，你说，记得小学时你也报过各种课外班，每当天气不好或者自己懒得起床时，就和妈妈撒娇，妈妈总是纵容你。

你说，初中时你曾是全班第一，为了争第一，总是拼命学到午夜，偶尔落后几名，还愤愤不已。

是妈妈告诉你，生活中没有永远的第一，只要认真努力即可。有几次我为了催你早点休息，还给老师写请假条。

你说，以前每天放学我总是问你今天心情如何，从来不问成绩，曾经很是不解。

你说，原生家庭教育对一个人的成长太重要了，真心谢谢爸爸妈妈。

谢谢你，女儿，记忆着这么多妈妈早已忘却的事情。

你说选择医院实习，就是想让人生多一份经历，没想到这份经历给你带来了意想不到的收获。

对于心理学，很多人都不太了解，总是带着疑问，揣着怀疑；对于专业，更多的人最先想到的是就业，所以很多人问过我你学的专业出来能干什么。

女儿，妈妈今天从你的电话里似乎找到了答案。一直以来，妈妈就认为身心健康才是真正的健康。在成长的过程中，妈妈一直坚持你喜欢的就是最好的，你愿意选择的就是正确的。

专业知识，能为社会服务，能为有需要的人群服务，就是学有所用。专业，不仅仅是为了能找到工作，更重要的是，这份工作于你而言，只是为了满足生计，还是给你更多的成长？仅仅是一份工作，还是注入了你的人生梦想？你的梦想，只是自己的幸福快乐，还是承载了一定的社会责任？

女儿，就你今天的电话，妈妈忽然想到很多。以前，妈妈一直以为你学的只是知识，今天在你和我的聊天中妈妈忽然发现，这些知识给了你更多的人生感悟。

未来有很多选择，妈妈无法帮到你，但妈妈相信你所有的选择，一定有你选择的道理。因为妈妈相信你，从前相信女儿的自控力，现在相信女儿的判断力。

妈妈不希望你多么优秀，做到你喜欢的自己就好。妈妈只希望，你在未来所有的选择中，一定不要忘记你所学专业需要担负的社会责任。

因为，人只有有了社会责任，才会走得更远、站得更高，才会视野开阔、身心愉悦。

2017年12月17日（第40封信）

女儿：

今天你微信告诉我，你被香港中文大学推研了。

你对我说，你写申请时，感觉那个专业就是专为你而设，你就是为那个专业而去，她就是你的缘。

女儿，一切优秀的、美好的未来都是因为你的奋斗和努力。

你说当时选择人类学，只是因为喜欢，没有考虑未来就业，当拿到offer（录取通知）后忽然有些犹豫。

你告诉我，考研的伙伴，一人修了法学，一人修了金融，都改选了热门专业，只有你从理学学士直接申请为文学硕士。

女儿，妈妈不能给你什么建议，也不能回答

你的问题，妈妈只想和你聊聊个人的观点。

妈妈认为，对于专业，你喜欢的就是最好的。很多时候，我们的选择只是为了顺应潮流，从来没有遵循自己的内心。大家都习惯于在一条跑道上竞赛，没有人愿意去尝试另辟蹊径。我们都喜欢从众，认为热门的就是最好的，很多时候仅仅从就业考虑，而没有考虑到个人爱好。

社会生活需要各个专业，没有绝对的冷门和热门，关键是能真正学以致用。

就比如你本科所学心理学，涉及很多统计、分析层面的课程，你可以充分利用心理学的学科优势，针对产品分析、人力资源、市场研究等领域找到新的交融点，去发现和创新。

人类学本身是一个范围很广的学科，知识涉及很多领域。你要学会在你的专业领域找到和其他热门领域的交融点，用你文科的优势，比如文字功底、思维方式、专业视角等去融合理科学术领域，从而找到适合自己的就业或发展方向。

选择专业，就是选择你喜欢的、感兴趣的。未来从业，也要找到你喜欢的、合适的，不可仅仅为了工作而工作，那就失去了工作和学习的快乐。

想起曾经在微信里看到的一段小文《初心》：邻居老陈养的信鸽长途跋涉累死了，老陈悲伤不已。他不想土葬，他说要火葬，要把爱鸽的骨灰撒回大海，让它回到母亲的怀抱。谁知道鸽子越烤越香，后来老陈就买了两瓶酒……

很多事情，走着走着，就忘了初心，因为诱惑。

女儿，人生长途中，充满了各种诱惑。只要坚守初心，坚持努力，坚信成功，在任何领域都会收获到你想要的喜悦。

明年是 2018 年，你即将开启新的旅程，妈妈相信，你一定会成为想要的自己！

祝宝贝开心快乐！

2018年1月28日（第41封信）

女儿：

又是一个忙碌的假期。

8日回来，10日你就走进驾校，开始了驾考练习。

在这个数九寒天，你每天要进行2小时的练习。第一天送你去，心里还隐隐有些不舍，不舍你在三九天练车，担心你娇小的身板能否适应。妈妈总是这么没出息，面对独闯世界回来的你仍有着隐隐的不放心。

26日科二考试，你按约定时间8点到了考场，10点10分收到你的消息，满分通过。

当时我有点小激动，昨天模拟考试你还告诉我总是感觉不能准确入库，今天就如愿一次成功，我真的很开心。

从小到大，你对自己的事情非常有规划，从

来没有在失败和困难面前退缩过，虽然也曾哭过、也曾失落，但总是能很快找到问题的所在，让自己重新来过。

清楚地记得那年高考成绩下来，你把自己关在家里屏蔽了所有通信工具，所有爱你的、关心你的人都为你着急，只有妈妈知道，你在休整自己。随后，当你对妈妈宣布准备复习时，妈妈真的真的非常不情愿，因为心疼你。你知道妈妈对你唯一的要求就是健康开心，但你用一个长长的信息说服了妈妈。妈妈后悔没有把信息留下，你的信息证明着你的成长，你的深思熟虑，你的人生目标，你的远见，你的要强和不甘心。最终，你坚持了自己的选择。

妈妈一直在民企工作，从业经历和人生经验告诉妈妈，生命中最好的职业就是做好自己，做自己生命的 boss（老板），用心规划自己的人生，用心管理和经营自己的健康、心情、学习和生活，不要被外界的繁杂世俗主导。没有什么职业比人生这个职业更重要，这个职业不以光环、财富、权力为主要目标，你是这个职业的boss、规划师、经济师、健康导师。只要你满意，你的职业就是无人能比的精彩职业！

2018年2月28日（第42封信）

女儿：

和你在一起的时间总是感觉很短很短，假期总是很快过去。

初三那天，外公醉酒。在车上，外公又唱又哭，还不时拍打着和你说话，我知道你不耐烦了，生气了，因为你对外公发火了。

后来，外婆给你和妹妹讲了很多外公年轻时的醉酒故事，我能感觉到你一直压抑着。你不理解外婆为什么能容忍外公的行为，你更不理解作为长女的我为什么也能容忍。

女儿，妈妈只想对你说，妈妈不是容忍，是孝顺，因为他是我父亲。除了爱喝酒，外公还是一个好外公，他的性格与他的家庭环境、成长环境有关系，他的行为与你外婆的管理有关系，这是外婆和外公的感情和婚姻，妈妈不做评论。

妈妈只想说，你外婆年轻时受了太多的苦，妈妈一直只有一个心愿就是让外婆晚年能够幸福。

外婆的幸福指数之一就是有外公的相伴。对于年迈的父母，我们应给予的不只是物质的满足，更重要的是给予他们精神的愉悦，只要他们喜欢的事，他们认为开心的事，我就满足，甚至放纵。

外婆外公年轻时为了我们付出很多，也牺牲了很多,我只希望他们晚年能快快乐乐,健健康康。

对于健康快乐，妈妈的原则是：满足他们的物质需求，在不影响健康的前提下只要他们喜欢就行。但是对于他们来说，物质并不是他们最看重的，他们更看重的是儿女的陪伴。

每次过年过节，只要假期快结束，你外公就会醉酒，我知道他心情又郁闷了。所以妈妈现在最重要的事情是只要有时间就回去陪他们，满足他们的心愿。

妈妈说这些，只想告诉你，我们作为晚辈，

没有权利指责长辈的对错，更不能对长辈生气发火，我们只尽职尽心于我们的义务，最大限度地让他们健康、幸福、快乐。

给父母提供好的物质条件，帮父母实现他们的心愿，给他们最多时间的陪伴，都会让他们开心。但是长辈最开心的就是儿女的健康快乐，所以，我们把自己管理好了，也是对他们最好的孝顺。

2018年3月17日（第43封信）

女儿：

闲暇时回头看我写给你的文字，其实它是妈妈写给你大学四年的成长记录。这四年里，妈妈在写给你的文字中和你共同成长，似乎又回到了我的青春岁月。

纵观你的成长路程，妈妈欣慰而骄傲。其实，在你成长的过程中，妈妈很不称职。在你最需要母爱的幼儿时期，妈妈把你托付给外婆，除了一大堆其实你并不需要的零食和玩具，就是每次从陌生到熟悉的匆匆离别。

你是个非常懂事的孩子。三岁时妈妈把你送到省政府机关幼儿园，那所幼儿园的生源大部分是高干子弟，你从县城回来，语言和习惯都不适应，但那时的妈妈只想给你最好的环境，没有考虑到你的感受。那天我们谈到性格因素时，你忽然对我说你最恨幼儿园老师，那个地方给你留下了阴影。

我们为此争论起来，你竟然哭了，哭得很伤心。妈妈不知道你当时作为一个孩子，在成长过程中遭受的排挤和不友好对你的人生影响了多少，妈妈只是想告诉你妈妈是真的爱你，确实没有想到这些因素在你幼小的心灵会留下伤痕。

妈妈不知道幼儿园老师什么样的语言或行为伤害了你，让你在二十几年后仍耿耿于怀。妈妈只知道在你的成长过程中，妈妈、爸爸、外公、外婆都全身心地爱着你，只是爱的方式不同。所以当你愤怒地对我说因为我的虚荣才让你遭受心灵伤害时，我也哭了。

妈妈承认，在你幼年时因为工作原因没有好好陪你，但你也知道，妈妈从县城出来拼命工作就是为了让你有良好的教育和宽松的经济生活。妈妈不是虚荣，妈妈只是不想让我的女儿比别人差，所以从幼儿园到小学到中学，一路走来，一路都在能力范围内为你做了最好的选择。

女儿，妈妈不知道幼儿园三年给了你怎样的伤害，也许妈妈在情感上冷落了你，在生活上疏忽了你，但妈妈以为这些伤害在你漫长的人生中都微不足道。一生中，没有谁会像父母一样无私地、无限地宠爱你，所以，受伤会是常有的事。我们不能因为别人伤害过自己，自己再伤害自己，让自己不快乐、不开心。

生命，最重要的事情就是让自己开心。开心，就如春天的阳光，可以滋生生命的能量，这种能量，可以让你工作顺利，生活顺心，事事顺意。当生命的阳光被遮挡时，你一定学会寻找阳光。记住，爸爸和妈妈永远是你阳光的蓄积池。

唠唠叨叨又是一堆，其实，你很优秀了，只是妈妈还是想对你说，妈妈最大的心愿就是你开心快乐，真正快乐，永远保持初心。

2018 年 4 月 28 日（第 44 封信）

女儿：

时间过得好快，看到你发给我的集体照，忽然意识到你即将毕业。

四年的大学生活就这样结束了。

四年里，你紧张而忙碌，除了自己的专业课，还选修了广告学、考古学等感兴趣的课程，参加各种社团活动，去牛津大学、剑桥大学交流学习，去德国图宾根大学交换学习，去大理聆听心理学大师的精彩讲座，这些，满满地填充着你的大学生活。很多人说现在的大学生都荒废了，但在我眼里，你度过了自己生命中最美好的岁月。

一路走来，因为有清晰的目标和有序的规划，你向你的大学交了完美的答卷，这正是妈妈希望的，也是妈妈值得骄傲的。看看大一写给你的寄语，你不仅做到了而且做得非常好。

大学毕业了，明年这个时候你就要走向社会。妈妈只有一个愿望：不管这个社会多么复杂，你只要简单、开心、努力、认真，你的生活就总会有阳光照着，你的人生一定会吉祥如意。

2018年5月20日（第45封信）

女儿：

五月，是你的幸运月。

妈妈爱你，但妈妈也希望有一个男生去呵护你、去爱你。妈妈说起时，你总是开玩笑：初中、高中不让谈恋爱，没有经验所以不会谈恋爱。

女儿，妈妈想让你找一个呵护你、爱你的男友，但妈妈又常常矛盾：谁能懂你？如果你在情感中受了伤害，那这样的情感是否也必须拥有？

你曾问过妈妈，如果原本快乐的生活因为一个人的出现变得不快乐，那这样的感情还要吗？

女儿，妈妈希望你选择的爱情是适合你的，能给你带来快乐和幸福的情感。如果不小心碰到了遮挡你生命阳光的情感，你一定要果断放弃。

不要尝试去改变别人，因为你没有义务也没

有时间去改造别人。你的生命价值和意义就是要让生命快乐，所以，你的爱情一定是那个和你一样热爱生命、阳光快乐的人。

2018年6月30日（第46封信）

女儿：

很开心，这是个快乐的、充满温馨回忆的六月。

应你邀请，我和爸爸去参加你的毕业典礼，见证了属于你的青春盛典。

毕业典礼的全过程妈妈在公众号已发文留念，回来后又是忙忙碌碌一阵子，所以拖到今天才写信给你。

能够亲历你的毕业典礼，陪你在校园留下你青春的身影和笑容，看着你穿上学士服走上主席台，妈妈无比欣慰。

爸爸说，很多风景都有可能再看，很多地方都有可能再去，很多事情都有可能再做，唯有属于青春的这场盛典不能再有。

是的，青春岁月是生命长河中最珍贵的岁月，如果说生命有四季，那么青春就是最美的春季，朝气蓬勃，欣欣向荣，生命在这个季节生机勃勃，世界在这个季节色彩缤纷，而大学时光又是这个季节里最值得珍惜和珍爱的岁月。

在这段岁月里，你快乐地成长着，努力地耕耘着，用优异的成绩向你的大学交出了完美的答卷，爸爸妈妈真的很欣慰。

但是，大学毕业了，人生的大学才刚刚开始。不管你九月远赴香港读研，还是日后走向工作岗位，妈妈想在这个毕业季送你一个特殊的礼物，就是昨天微信发你的那篇央视“夜读”《愿你不卑不亢不自怜，一生热爱不遗憾》。

妈妈知道你这几天忙着看世界杯，正处于黑白颠倒状态，但妈妈还是希望你静下心来，认真、仔细地读完，然后用心收藏。

这几天妈妈在你的影响下偶尔也看看世界杯。足球比赛犹如人生，在特定的环境下，有限的时间里，会发生许多意想不到的事。在这场比赛中，球员要学会团队协作，要懂得遵守规则，要明白角色定位，要善于借机行事，要主动攻击也要严防死守，要能承受竭尽全力也会出局的结果……

女儿，借着这场世界杯，妈妈想再多叨叨几句：人生也好比世界杯，可能有太多的意外、太多的无奈，你要遵循规则，找准角色，认准定位，调整好心态，持之以恒往前走，前进路上不左顾右盼，不好高骛远，带着一颗平常心努力向前就好。

祝健康开心！

2018年7月17日（第47封信）

女儿：

看你的毕业论文《情深缘浅：情感深浅隐喻的实证研究》，里面太多的专业术语、图表、公式和实验数据，我看不太懂。翻到结尾处，看到你的致谢词：

> 致谢：
>
> 这篇本科生论文能够完成，要感谢的人实在是太多了。首先，我要感谢我的导师肖老师。肖老师为我的本科生论文提供了很多帮助。在我为论文选题焦头烂额的时候，肖老师耐心与我查找文献，并且最终帮助我确立了我的论文选题。隐喻的实验说难不难，但说简单也不简单，这个方向其实已经有很多的研究，并且研究方法大同小异，然而在深

浅隐喻这个方向上又少有人做过实证研究，能够找到的文献非常少，所以想要成功证明这一方向的隐喻表征还有不少困难。后来也确实遇到了操作上的困难，但是肖老师一直帮助我解决这些困难。在肖老师的指导下，我的实验也日趋完善。我也十分感谢肖老师的组会，每周开组会给了我很多的启发和收获，与优秀的小伙伴同行可以帮助自己成长。我很幸运能够参与组会，积累了知识。虽然完成论文的过程是曲折的，结果也并不完美，由于我自身局限，这篇论文还是存在非常多的问题，但是我却在这过程中初尝研究的种种乐趣与心酸，在心理学研究方法上也获得实践与检验自己学习成果的机会，学到了新知识，在这一点上我感到十分快乐。

其次，我要感谢我的室友和朋友。每每感到疲惫，和好朋友们谈天说地是我枯燥的论文生活中最开心的时刻，她们缓解了我写作期间紧张的氛围。我们彼此间相互鼓励是我在大学期间遇到的非常幸运的事情。也感谢我的朋友们在我做实验期间给予我的支持和便利，让我能够顺利招到足够的“被试”。要感谢的人太多，而我也深感幸运能够遇到如此多可爱可敬的人。我相信越努力越幸运。我感受到了大家的温暖，也会更加努力不辜负这份幸运。南大这四年，短暂却值得永远珍藏。希望大家都能够一路前程似锦，收获幸福和快乐。

读罢这段致谢词，我内心涌起一种无以言说的情感。四年的大学生活，你优秀的品格在南大优秀的氛围中得以升华，你善良的天性在南大温和的土壤里日渐凸显。

女儿，你很幸运，走进南大，在南大这片知识的海洋自如徜徉，汲取她丰厚的养分。在南大，你收获的不仅仅是知识，还有身心的成熟、品格的美好和青春的愉悦。

即将离开这所美丽的校园，妈妈想说，在未来的旅程中，你会遇到很多人，经历很多事，不论什么人什么事，只要对你的成长有帮助，你都要一如现在，心存感激之情，然后把这份恩情回馈他人。

相信你在未来的旅程中，会更加努力不辜负生命的幸运，也会让这份幸运给他人以芬芳。

2018年8月18日（第48封信）

女儿：

22号你就要赴港读研了，你的学习生涯又开启了一个全新的旅程。

在德国时，你常常独自旅行，你给我讲述入住青年旅社的奇遇，讲述暴雨天你迷途的遭遇，虽然你讲给我时好像在讲述一个故事，但妈妈却有隐隐的担心。

女儿，一个人出门在外，管理好自己的饮食起居很重要，学会自我保护也很重要。所以，一个人在外切记：

不要独自外出旅行，一定要结伴。

晚上10点以后尽量不要独自外出。

一个人出门时不要走偏僻小道，一定要走人流集中的大道。

不要和陌生人随意搭腔也不要随便帮助陌

生人。

不要在公众娱乐场所随性喝酒及各种饮品。

不要参与任何组织及他们组织的任何活动。

坚守自己的人生观和价值观，不要被外界繁华诱惑。

你可能会说，这些叨叨磨得你耳朵已经长茧，但妈妈在你赴港之前还是不免想叨叨几句。

生活中，总有阳光照不到的角落，总有善良走不进的人心，我们无力改变，但我们却有能力保护自己。任何时候都不要心存侥幸，任何不良事件发生的概率哪怕只有十万分之一、千万分之一都不要忽视，因为一旦发生，对每个个体都是百分之百的灾难。

所以，女儿，最大限度地保护好自己，在能力范围内爱护好自己。你的平安、健康、快乐是爸妈最大的心愿！

附：毕业典礼

2018 年 6 月 20 号，南京大学仙林校区方肇周体育馆，坐满了身着黑色学士服的年轻学子，南京大学 2018 年本科毕业生典礼暨学位授予仪式在这里举行。

毕业典礼在学院的专题片中开启，随后院旗入场，各院系的旗手们奔跑着从场外来到主席台前，兴奋地挥舞着手中色彩各异的院旗，台下不时传来各院系整齐高昂的院训。

接下来播放毕业纪念微电影《南别，岁岁年年》。电影记录了学子们从大一到大四的成长岁月：走进大一的青涩，辉煌于大二的精彩，成长于大三的自信，告别大四的不舍。一首深情的毕业歌《南别》在会场响起，“就这样毕业了，就这样毕业了”，饱含了南大学子们四年的复杂情感和即将离别的难舍之情。会场上，3300名即将毕业的学子和观礼席上的数百名家长都被这温馨的画面和动人的旋律深深感动。

影片片尾，南京大学党委书记张异宾先生对即将离校的学子们寄予深深厚望：

> 人生的意义在于一种有灵魂的存在，塑形我们生命本质的是心中超凡的神性。南大学子生命中最重要的坚守，是穿越低俗物欲，自明和从容地走自己独特的生活道路。

四年前的9月，走进校园时是稚嫩的微笑，四年后的今天，出现在会场时是自信和从容。

四年的南大生活给予学子们的不仅仅是知识，

还有对生命的认知。正如尊敬的张异宾书记所说：

> 几年来，在全体南大老师和职工的努力下，同学们身上的这种精神被以诚静雅勇的南大方式浇灌、培育和塑造起来。真诚奠基了为人、为学，平实构建了处世、做事，儒雅塑形着生命的呈现样态，担当支撑着勇猛的不屈存在。这种“我诚故我在”的南大精神，将伴随同学们一生的努力、曲折和成功。

校旗入场后，身着博士服的全国人大常委会委员、中国科学院院士、南京大学校长吕建先生为毕业生致辞。

这是他就任南京大学校长后的首次毕业致辞，吕建校长言辞谦逊而恳切。他首先祝福了在栀子花开的6月即将走出校门的学子们，然后生动解析了毕业证书包含的深刻意义。屏幕上那一张张图例和一段段文字，饱含了南大校领导对学子们的浓浓情谊，对毕业生的深深期望：

毕业生是南大无限延伸的根脉，也是南大广泛撒播的种子，希望大家常回家看看，祝愿同学们鹏程万里、前程似锦。

如果说南京大学是你们人生中的一堂课，未来世界就是更宽广的大学。你们已经在南大交出了优异的答卷，相信你们一定能够化而为鹏，插上“若垂天之云”的翅膀，“扶摇而上九万里”，也一定能够在人生的大学里顺利毕业，取得骄人的成绩。

中国特色社会主义进入了新时代，同学们将全程参与实现“两个一百年”奋斗目标的过程。未来的人生舞台就是新时代的舞台，需要不断展现、不断面对、不断适应、不断调整、不断抵御。

吕建校长用程开甲院士和校工王西亭的故事诠释南大人的勇担使命、坚韧耐磨；以老校长匡亚明和闵乃本院士的经历阐释南大人的齐心协力、追求卓越；以韦慧晓、袁辉两位年轻校友的故事讲述南大人的立德求真、担当有为。为此，吕校长期望2018届南大毕业生：

> 化而为鹏，以认知、选择、实践来插上翅膀，以“使命”“坚韧”“卓越”“尚和”“担当”“立德”等要素来丰满自己腾飞的翅膀，在时代舞台上奋翼高飞。

优秀校友代表结合自己的经历寄语学弟学妹们：

> 一个好的使命会让人在追求的过程中就很享受，从而能真正意义上地全情投入。
>
> 踏上人生新的旅程，一定要早日找到自己的人生使命。

全体毕业生起立宣誓后，身着学士服的学子依次走上铺陈红地毯的主席台，接过师长授予的紫色学位证书。看到孩子们灿烂的笑容，我内心充满了感动和温暖。

这证书，浓缩了师长们深深的爱和付出，凝聚了孩子们四年的成长，正如吕建校长所说：

> 四年来，来自全国各地的中学生成为南大学生，与全体南大人共同体验和实践了南大“与时代同呼吸、与民族共命运、谋国家之强盛、求科学之进步”的光荣传统，“敢为天下先、以天下为己任”的济世情怀，“格物致知、追求真理”的科学精神，“以人为本、崇尚理性、注重人文、开放包容”的校园文化，“嚼得菜根，做得大事”“雄伟诚朴，励学敦行”的校训校风，“真诚、平实、儒雅、担当、卓越、引领”的南大风范。

过去四年，同学们在“悦读经典”中畅游，在“拔尖计划”中攀登，在“创新创业课程”中求索；放眼全球、游学海外，在世界各个角落留下奋发进取的脚步。

同学们在风范、学风、能力、专业等方面达到了南京大学的标准与水平，全面植入了南大基因，也将自己创造的多彩细节融入了南京大学116年的历史脉络中。

当3300名毕业生全部从主席台走下时，时间已过去近5个小时。

大哉一诚天下动，

如鼎三足兮，曰知、曰仁、曰勇。

千圣会归兮，集成于孔。

下开万代旁万方兮，一趋兮同。

踵海西上兮，江东；

巍巍北极兮，金城之中。

天开教泽兮，吾道无穷；

吾愿无穷兮，如日方暾。

当南大校歌在全体师生的诵唱中结束后，12位身着旗袍的女生走上主席台，毕业典礼在她们《送别》的悠扬歌声中结束：

……

长亭外，古道边，

芳草碧连天。

问君此去几时还，

来时莫徘徊。

天之涯，地之角，

知交半零落。

人生难得是欢聚，

惟有别离多。

有幸见证了女儿的这场毕业盛典，看着女儿

和同学们灿烂的笑容，听着她们同唱《梦想从心开始》的歌声，回想她高考的艰辛、四年里的成长，万千感慨无以言表。欣慰之余，摘录这段歌词作为毕业祝福吧：

伸手抓一把阳光，乘着风翱翔，
点亮四面和八方
色彩像烟火，缤纷又奔放，
我要活得不一样
让心中沸腾的希望，带着我勇闯，
所有坚固的城墙
身上泪和伤，凝聚无穷能量，
看我发热又发光
要明天记得我名字，用我选择的方式，
梦想从心开始
每一步都有不变的坚持，
只有我能写下自己的精彩故事
要世界看见我样子，

青春骄傲的标志，梦境从心开始
灿烂新天地，美丽好心情，
未来的路，等我展翅高飞，奔驰

2018年6月26日

写给母亲和自己

重新读完母亲在我大学四年写给我的信，我即将结束一年的硕士生活。打开这一封封书信细细阅读，大学时期那些已经快要模糊的记忆在还有些许残留的墨香中洇开。

如今坐在香港中文大学的图书馆里，透过桌前的一扇格子窗户，看着窗外来来往往的学生和灰白色现代风格的建筑，我有一种错觉，好像四年大学生活是一场梦，一场跨越了时间和空间的梦。

高中毕业后，我便一直在外地求学。在南京，在德国图宾根，如今在香港。也许是因为地点的不断切换，我时常有种不真实的感觉。在这流动的时间和地点中，我的经历在不断丰富，想法也在不断改变。唯一不变的，可能就是我对记录的热爱。

所以，借着这个机会，我想沿着母亲写给我的信，回顾自己大学四年最重要的一些片段和记忆，记录下人生中值得珍藏的美好时光。

其实，回顾一段经历和当时的真实想法，总会有偏差。我一直在获取新的知识，认识不同的人，很多想法也在不断改变。所以我的回顾或许只是对于过往的一种总结和反省，而母亲的信却是我当时心路历程的最好记录。

这是一份珍贵的成长记录，也是母亲和我两代人对于人生的思考和交流。

关于高考

我经历了两次高考。

第一次高考，我以一个上不了任何一所重点大学的成绩结尾。

第二次高考，我完成了对自己的承诺，考入南京大学。

其实高考不是唯一的出路，但是我心有不甘，也明白自己的实力。如果因为害怕从头再来，害怕高风险而选择放弃，我想我会遗憾。

竭尽全力，是从头再来时我给自己的承诺。

我告诉自己，这一年，不仅要考上好大学，更要不留遗憾地结束我的高中生活。

我一直认为，人的一生中一定要体验一次为了一个目标全力以赴的感觉，因为这种体验将会影响我们往后的人生。而对于 19 岁的我来说，考入理想的大学就是人生中一件值得全力以赴的事情。

进入一所985高校是我当时认定的最重要的事。一旦认定这个目标，我选择心无旁骛。

过去的自己，凭借不差的基础和一点小聪明，获得过自我满意的成绩，一度十分膨胀，最终被狠狠打击。我把自己想象成自满的侠士在比赛中铩羽而归，落入山谷潜心修炼，韬光养晦，希望有朝一日重出江湖。10个月的短暂时光，我制订了一套严苛的修炼计划：早上6点起床背诵文科综合；中午完成一套英语阅读和完形填空试卷；午睡后的自习做一份数学单选题试卷，背四级单词；晚自习及时整理错题，有针对性地复习，突击薄弱科目。日复一日，生活很单纯，也很乏味，但为了心里的目标，我选择专注。不是没有过害怕和担心，那些来自他人的质疑、自我的怀疑、心态的调整、成绩的波动，也会困扰我，只是每当这些情绪来临，我便翻开复读第一天时在日记本里写给自己的话，告诉自己不忘初心。多泥泞的路，只要回头看看自己最初的承诺，就会重拾勇气。那些追逐梦想的日子充满艰辛，却在回望时熠熠生辉。

经过10个月的努力，我再次坐在考场上的时候，虽然依旧紧张，但已然和第一次有所不同。

还记得第二次高考的那两天。考场前挤满了焦虑的父母和学生。6月的天气炎热干燥，明晃晃的阳光把汗水和复杂的心情又放大了好几倍。我坐在宾馆里面，勉强吃几口外婆做的饭，熬着高考的两天。

这样的状态持续到第二天下午。最后一门科目是我最擅长的英语，我总算有种可以正常呼吸的感觉。我坐在靠窗的座位上，交卷铃声响起的时候，我抬头看了一眼窗外的天空，湛蓝如常，但那种独属于夏天的明媚，让我突然鼻头一酸，随即转为平静。我没有想象中的如释重负。我知道，自己尽力了，这场仗不留遗憾地打完了，胜负此时此刻不再那么重要。

我做到了全力以赴和心无旁骛。这一次我才明白，焦虑和紧张有时候也许只是借口。如果面对考试你会焦虑紧张，请全力以赴准备考试，尝试用实力和底气来对抗它们。

第二次高考，我的成绩让我拥有了更多选择。这种通过努力获得丰厚回报的结局，真的让人特别开心。虽然如今早已不是“一分定天下”的时代，但是，通过高考获得美好人生的入场券对于普通人来说依旧是一次绝佳机会，而通过努力在高考中获得一个好的分数又意味着会拥有更多的选择。

后来，回顾那10个月的备战时光，复读对我的意义已不仅仅是考大学那么简单。上大学后的一节心理学课上，看到“自我效能感”这样一个词时，我恍然间明白，那段时光带给我的力量，就是这种自我效能感：通过实践成功的体验来建立对自我的认可。

10个月里，我努力做到那些我曾经做不到的事：坚持早起，坚持及时总结错题，坚持今日事今日毕，坚持问老师问题……直到这些小事成为一种习惯，成为我实现梦想的力量。

我尝试从每一件小事做起，来改变我的生活习惯和学习习惯，自我效能感便是在这样一次又一次微不足道的成功体验中建立起来的。

成功的体验不一定惊心动魄。它可以来自一件件的小事。当你在一件件小事中慢慢积累起对成功的体会，你便会明白成功是什么感觉，如何去获得成功，也会越来越相信自己可以做到。慢慢地，你会发现，你真的可以做到那些让你感到不确定的、未知的事情。自我效能感就是一个建立成功体验的过程，它会帮助我们获得更多对于自我的认可，即自信。

比起外在的评价，一个人对自我的支持和认

可或许更加重要。它更加稳定，它让我们可以坚持自己的态度，不会因为他人的表扬而骄傲，也不会因为他人的批评而失去信心。

也许有人觉得复读很辛苦。我不否认，这的确是很辛苦的一段时光。不能赖床，很少回家，当我的同学已经享受快乐的大学生活时，我还在埋头整理错题。但如我之前所说，过程是辛苦的，我却收获了改变后的欣喜。我把高考看作一个通关游戏，打败一个又一个的小缺点，建立一个又一个的好习惯，最后获得一个更好的自己。即使不能早一年走进大学校园，我也觉得非常值得。

短短不到一年的时光，我用一点一点微小的改变构筑了对自己的认可。往后的时光，每当无法坚持时，我就会想起这段时光，那些像通关打怪后获得奖励的快乐，那些为了目标全力以赴的充实和满足。只有我自己知道，乐观来自经历和从心底最深处对自己的支持和认可。

更何况，复读时光，其实也充满了温暖和快乐。

因为下定决心要改变自己，我离开家，去了一座陌生的小县城读书。第一次长时间在县城生活，让从小在大城市生活的我获得了别样的温暖和朴实的体验。

学校的作息时间非常严格，只有周末才可以走出校门。但我没有感觉到束缚，反而是自律的生活让我有了更多的自由。我努力在这所热闹朴素的小县城重新开始，体验着当地人的生活：周末放假和同学去超市采购一周的食物，去热闹的集市逛街，闲暇时一起吃路边香气扑鼻的烤串。

下雪的冬天，和同学跑进学校边的小店吃面条。拥挤的店铺坐满了人，室内热腾腾的蒸汽贴满窗户，辛苦学习后畅快地吃一碗面条，放肆地聊天，那种愉快的感觉我至今都记得。那段忙里偷闲的生活是那样温馨可爱，每一天我都感觉十分充实。

校园里有一座古色古香的孔庙，庙前有一棵参天古树。高考前几周，学校会组织学生去祭拜孔子，校长也会亲自在孔庙前为我们祈福。很多父母和学生这时候会在古树枝上挂上金榜题名的祈福牌。我的外婆也为我挂上了写着心愿和祝福的祈福牌。那些红色的祈福牌像古树上开放的艳丽花朵，在阳光下随风摆动，发出悦耳的声音。那份真挚的祈福让我感到温暖又安心。现在想起那座隐藏着许许多多故事的小城，我依然心存感动和感激。

回忆起这段时光，我突然感到，人生中的很多选择，也许冥冥之中都是由过去串联起来的。就如我大学选择了南京，或许是因为小时候坐火车去南方，从北方灰蒙蒙的天空忽然到南方湛蓝的天空，从北方光秃秃的田野到南方一大片一大片绿油油的水田的震惊；研究生去香港，或许是因为高中时偶然翻到的一本杂志，里面对中文大学的描述满足了我对大学所有的想象；而后来学习人类学，我想，或许是和我这段生活在县城的经历有千丝万缕的关系吧。也许从那时起，多体验不一样的生活，成为我的一则人生信条，指引了我日后很多的选择。

关于选择

如何做出正确的选择？其实，这个问题本身就没有正确的答案。做选择的时候，我们的判断总会受到自己生活经历、周围环境的限制。

如果一段时间过后，用更成熟的状态去审视过去的选择，甚至后悔过去的选择，都是没有必要的。因为过去的自己和现阶段早已不同，用现在的经验判断过去的选择，可以反思和复盘，但不必懊悔。

选择本身没有对错，重要的是，我们应该把已经选择的路走好、走对。但是，如果要给选择定一个标准，我认为，选择跳出舒适圈，也许会发现更多的风景，发现更好的自己。

舒适圈会带给我们快乐和安稳。做自己熟悉或者喜欢的事情，自然会感到轻松自在。但这样的生活也许暗藏危机。那些熟悉的事情能否让我们有所进步，那些我们擅长的事情是否只是因为不断地重复？如果因为不断重复着熟悉和擅长的事情，而将成长的机会抛弃，那会是很危险的事。但人们常常留恋舒适圈的快乐和安稳，而忽视其中的危险，变成温水中的青蛙。

上大学后，我的第一个选择是学习难度高一层次的数学，并且在无数次想要打退堂鼓的时候，我坚持了下来。其实，对从小不喜欢数学的我来说，选择高等数学的确是个挑战，但我想，既然选择了，就要坚持下去。对于坚持学数学这件事，我赋予了它特殊的意义——坚持是对自己的认可，而不是和他人的比较。虽然最后成绩不是最好的，但我还是感到了满满的成就，因为我愿意挑战自己不擅长的事情，并且坚持下来。

对于数学的坚持，锻炼了我的逻辑思考能力，更重要的是，让我有了去挑战不熟悉领域的信心。

学习心理学后，我曾犹豫过，想转到一个更

容易学、更容易掌握的专业，但我还是选择了它。当时的我抱着这样的想法：不想因为害怕学不好就放弃自己感兴趣的事，这样一定会遗憾。

事实上，那些我们以为很难的事情也许并没有那么难，只是它们被我们的恐惧放大了。如果你真的想尝试，真的感兴趣，那么千万不要让恐惧和担心束缚了自己。

如果想练习口语，就从开口讲第一句话开始；如果想学习某个专业，就从专业技能的第一步学起。尝试迈出第一步，你就会感觉生活已然发生改变，或许一个更理想的自己已经在向你招手。我很明白，跳出舒适圈不是一个轻松的选择，之后会充满艰辛。但是，尝试一下，你会看到一个充满更多未知和可能的世界。

当然，并不是说舒适安稳的生活有什么不好，我们要尊重每个人选择自己生活方式的权利。最重要的是，既然选择了，就要认真过好自己想要的生活。

如果你想要不断地挑战自己，想去看看自己的潜力和边界，就不要选择安逸，那不是青春该有的选择。

有一句话说得很对：人生是证明题，不是选择题。

关于大学生活

从高度自律的高中生活进入轻松自由的大学生活后，人总是会不可避免地松懈下来。妈妈在大一的时候告诫我：人，往往在逆境中成就自己，却会在顺境中偏离方向。切勿痴迷电脑网络，沉浸在连续剧中蜗居宿舍，浪费时光。

看上去简单的忠告，做起来并不容易。

大学过半，大学生活的新鲜感逐渐褪去。我从对新环境、新生活的探索逐渐陷入了宿舍四平方米的床上。点外卖、追综艺，过着两耳不闻窗外事的大学生活。我给自己的不努力找借口说自己在找方向：因为没有方向、没有动力，才感到迷茫。其实我根本没有“找”，而只是“想”。想了很多，却没有行动。

那时候，我没有意识到，走入大学的一瞬间，过去的一切成绩就已消失不见。无论被哪所学校录取，进入大学后我们都站在同一起跑线。高考分数给了我们更多的机会和更广阔的平台，但最终还是需要我们自己去把握利用。对于名校毕业生来说，最可怕的事情也许就在于：名校成了我们唯一的名片。

有段时间，我的生活变成了熬夜追综艺，参加社交局，上课玩手机。短暂的快乐之后，换来的却是突然的空虚和不知所措。

想干的事，想听的课，想看的书，总是半途而废，写日记、写游记也是嘴上说说。好像失忆了一般，我忘记了目标和方向，忘记了要做什么事，也忘记了想要成为什么样的人。更可怕的是，一旦过着得过且过的生活，想要重新回到努力奋斗的状态之中，就会变得困难。温水中的青蛙只会享受温暖。

象牙塔里的我们，如果不能够直面外面世界翻天覆地的变化，很容易活在自己的世界里，白白失去珍贵的成长机会。

记得大四那年，有一位老师对我们说：你们虽然出身名校，但是要小心，因为名校的光环很可能让你们变得平庸。当时有些不理解，如今才明白老师的良苦用心。

香港读研时，我对朋友开玩笑说，自己大学四年也只有在期末才会把图书馆坐穿。这一句玩笑话，却道出了我真实的大学状态。1000 多天时间，我都用在了哪里？虽然参加社团，和朋友一起谈天说地，做自己感兴趣的事，挥霍一下美好的青春时光，的确会有很多快乐的回忆，但如果能够始终朝着自己的目标进步，不被周围环境影响，也许可以做更多的事情。

所以，要珍惜大学生活的每一天，不要等走出校门时回首，留下遗憾。

关于爱的理解

成长的过程对于每一个人来说，是一个不断了解爱和如何去爱的过程。

我相信很多人都会如此：心里在意着其他人，看上去却毫不在意。不愿表达自己的情感，因为不知如何表达，也害怕因为表达而伤害自己。又或者觉得感情不需要表达，显得矫情，用厚厚的外壳把自己包裹，谁也无法靠近。

我过去也是这样的人。小时候离开外婆家，心里虽特别不舍，但只会坐在车里偷偷掉眼泪；如果和好朋友闹矛盾，我会隐藏自己的情绪，装作什么都无所谓的样子，宁愿对方误解，自己难过……

但是上了大学以后，我发现自己在慢慢改变。

记忆深刻的一次是大三下学期我去德国交换学习，离开学校的时候，我的朋友陪我坐两个小时的地铁送我到机场，一路上叮嘱我要好好照顾自己。其实，我完全可以一个人去机场，但我的朋友还是选择了陪伴，希望远行前我不会感到孤单。我慢慢意识到，爱不是可有可无，朋友之间，亲人之间，恋人之间，我们都需要彼此的爱。最重要的是，我明白了爱不是隐藏和遮掩，爱需要行动，也需要表达。

爱是聊天。我曾经觉得聊天十分浪费时间，但是后来我渐渐感到，爱就是聊天，越琐碎越真实。因为我爱你，所以愿意听你说话，对你讲话，任何一件无聊的小事，琐碎的日常，都是有趣而有意义的，因为我爱你，所以我们之间才有说不完的话。聊天有很多种，亲人之间，爱人之间，朋友之间，经常打个视频电话，发个微信，聊聊日常，让彼此知道对方安好，都是爱的表达。

爱也是打扰和唠叨。有时候我们理解了爱与如何去爱，却害怕被爱，害怕得到爱。其实，被爱也是一种能力。我们总是害怕麻烦别人，什么事情总想着自己去做。虽然我们会因此成为一个很独立的人，但是也失去了很多别人对你表达爱的机会。有时候，去麻烦一下别人，打扰一下别人，让他们知道在你心中他们是重要的。因为重要，所以才会在困难的时候想到他们，才会想要和他们靠近。

爱还是理解和帮助。妈妈的事业进入了瓶颈期，我就想着为她做些什么。想着妈妈一直喜欢写作，却因为年轻时拼搏事业、照顾家庭而搁置爱好，我便为她开了一个公众号，鼓励她在上面用文字表达自己，记录生活点滴。因为在外求学，不能多陪伴妈妈，我希望可以用更多的方式来帮助妈妈，并和妈妈一起成长。看到妈妈终于有时间做自己喜欢的事，我也非常开心。

我感受到了自己的变化。我开始乐于分享自己的情绪，无论快乐悲伤；我也开始乐于倾听，经常和朋友家人聊天打电话；我尽力保护那些我爱的人和爱我的人。生活因有爱而美好，我像是从冬天走进春天，像是在蜜罐里滚了一圈。

爱，会让我们变得更加可爱。我们在爱别人的同时，也变得值得被爱。爱，让我们变得完整。

一次特别的实习

大四那一年的冬天，出于对医生这一职业的好奇，我选择到医院的医学心理科实习，没想到，这短短一个月的普通实习，让我对生命有了更多的感悟。

弗兰克尔（1905—1997，美国临床心理学家，出生于奥地利，言语疗法的奠基者）有一本书叫做《活出生命的意义》，在纳粹集中营的经历让他余生都在追求生命的意义，他提出用三种途径来寻找生命的意义：通过创造一种工作或者做一件实事，实为责任；通过体验某件事或者遇到某个人，实为爱；通过对于不可避免的痛苦的态度，实为勇气。

那个时候，我对于所谓生命的意义，没有太多的理解，直到进入医院。当我突然接触到那些生病的灵魂，当我以实习医生的身份走进那些陌生人的世界，见证他们的痛苦、煎熬、希望和温暖，我感到很大的震撼。

11月的阳光稀疏散薄，下午，医院会安排病人在活动空间跟着电视节目做运动。然而，这看上去活力满满的画面背后，我却感受到了巨大的无力感。从生理的角度看，他们是需要吃药的病人，或许他们的内心正经历着各种各样的痛苦，他们在煎熬着度过普通人看似平凡的每一天。然而也正是他们，使我第一次真切感受到面对痛苦时人们的勇气和决心。

查房的时候，我看到一位被诊断为抑郁症的老人手里拿着小小的口琴不停地摆弄，他告诉我们说正在学习口琴；一位久病不医的强迫症患者，当医生问他如果他的病治不好了怎么办，他说那就带病去上学；一位中年抑郁症大叔因为担心年迈的父母无人照顾而积极接受治疗，希望自己可以尽快好起来；一位失去了挚爱父亲的女儿每天含泪写下心情日记配合治疗，只希望可以不辜负父亲的希望，脸上再次出现笑容……

我是一个敏感的人，在医院的每时每刻，我好像都能感受到空气中的痛苦，但同时，我也体会到了生命的坚强、倔强和责任。那一瞬间，我突然明白弗兰克尔关于生命意义的阐述。正是希望、责任和爱，组成生命的骨架，给了生命最有力的支撑。

年轻的我们，总有很多要追求的东西，但是在奋斗的时候，不要忘记爱我们的朋友和家人。抽点时间留给朋友和家人，哪怕不能亲自陪在他们身边。在以后的日子你会发现，这些都是值得的。

互相给予爱和支持，愿意去保护我们爱的人，这都会让我们成为更好的人。有了责任、爱和支持，生命的路才会不再难走。

关于爱情

我曾经一度认为女性不结婚很酷，是社会进步的表现，但如今我认为，一个社会真正的自由和进步不是女性都不去结婚，而是女性都可以自由地跟随自己的内心，有选择结婚和不结婚的权利。

对爱情的看法，我也在不同年龄有不同的期待。18 岁的我盼望遇到童话里的白马王子，20 岁的我因看多了八卦而“再也不相信爱情”。如今的我依然期待爱情，相信爱情，只是对爱情的理解不会再轻易被他人的故事影响，也不会再有不切实际的幻想，更不会把一个人幸福与否的状态交由爱情决定。

我们这样的年龄，总会经历一些心动时刻，都曾为喜欢的男孩或者女孩辗转反侧。这些懵懂时刻，虽然不会开花结果，但却值得好好珍藏。

这样的感情纯洁无瑕，是青春给我们最美的礼物。

很多人都被爱情折磨过，深夜的胡思乱想，无时无刻的怀疑，甚至生活都失去色彩，一片灰暗。

我也曾为爱情苦恼。后来，当我了解到一些其他文化的爱情观，我开始思索，爱情在我们的生活中究竟该占据怎样的位置。

人类学中，有一个对我国摩梭人（生活在云南省丽江市泸沽湖畔，人口约 5 万，属纳西族一支）的研究。摩梭人是母系社会，实行走婚，也就是说，男人和女人之间没有婚约，即使他们彼此倾心，也不会生活在一起。如果女人生下小孩，由女人的家人抚养，孩子也许并不会知道自己的爸爸是谁。

他们的社会没有“爱情”这个概念。当人类学家问一个摩梭女孩：“你是否会为失去爱情而难过？”她感到迷惑，因为她不能理解“为情所困”。她的生活中有很多事情都远比“情人”重要。人类学家说，或许在我们现在的文化中，爱情的意义被高估了。

在现代社会，也许因为爱情是我们唯一难以控制的事情，我们才把它看得太过重要。爱情被神圣化，好像拥有了爱情，人生才会完整。可是，完美的结合终究是少数，爱而不得或许才是人生常态。很长一段时间里，我们的认知将婚姻和爱情视为人生的必需品，但或许这些只是甜蜜的枷锁，限制了人生的更多可能。

我不想否定爱情的意义，只是觉得面对爱情时，我们可以多一些角度去理解它。当我们跳出固有的认知，用更广阔的视野去看待爱情时，人生或许会洒脱很多，我们会避免陷入“爱是一切”的人生陷阱里。人生有无数可能，拥有爱情不是唯一。

我依然相信爱情的甜蜜，但如今的我，更愿

意把它作为生活中的甜品。

我喜欢一句歌词："爱情是一种法国甜品。"甜品促使人分泌能产生甜蜜幸福感的多巴胺，生活需要甜品的点缀，但甜品终究不能代替柴米油盐。倘若有甜品，生活是甜蜜的、快乐的，困难似乎都变得不再难挨。但是如果没有甜品，生活还得继续下去。

爱情的激情和甜蜜终究会褪去。爱情留给我们最珍贵的礼物，是陪伴、理解和支持。如果有一个人,愿意接受不完美的你,愿意面对真实的你,愿意对你像刺猬一样露出柔软的肚皮，愿意陪伴你走过人生里的某一段路，那你一定要懂得珍惜。

关于交换

出国交换学习这个决定，对我来说是很重要的选择。那时候我很纠结：交换意味着我会失去奖学金和第二专业。但我最终放弃了这些，选择了出国交换。

有时候，我会觉得，当你做一项重大决定的时候，跟随自己的内心比理性更重要。犹豫太多，纠结太多，把事情的利弊翻来覆去分析，反而会越来越难以抉择。

正如妈妈说的，选择没有什么对错，无论被选择还是主动选择，都努力地走好选择的路，因为未来是不可预测的，正确与否都是相对而言的。

短暂的四个月的交换生活，带给我的不仅是异国生活的经历，更是人生的另一种体验。

大学第三年，我开始考虑未来的人生，但始终处于迷茫之中。我好像困在一个玻璃罩里，出不来；又像是走进了迷宫，绕来绕去总是找不到出口。我想，或许换一个环境，会有一些新的启发。

当我走进北京国际机场时，其实心里很害怕，因为一切都是未知数。然而，当我和同伴降落在德国慕尼黑机场时，当我们坐上前往图宾根的火车时，当我看到火车里安静阅读的人们时，当我看到窗外一片片农场、红色屋顶的平房和停留在路边的拖拉机时，当我走进超市，超市里熟悉的面包香气扑面而来时，我突然惊喜起来，我从未想过如何度过这四个月，但我知道，这是一场冒险，一次体验，我的人生又会增添很多故事。

欧洲小镇的生活安逸舒适。没有课的时候，晚餐后我就和好朋友去宿舍后面的农场散步，天空中一团团棉花似的白云飘过，路边是高高的麦子和细碎的小花，日落时分的阳光温暖柔和，落在农场的拖拉机和奶牛身上，橘黄色中透着温柔的粉。我们花 1 欧元去打新鲜的牛奶，去农场的小木屋看退休老爷爷做木匠活。微风吹过耳边的时候，那种对生活的敏感和热爱，对周围生命的感知，好像重新回到了我身边。

高中以来，忙于学业，大学以来，疲于应付各种各样的事情，我感觉自己逐渐失去了对环境的感知能力，或许那是一种逃避，模糊的感知会钝化生活中的矛盾和烦恼。而如今，我似乎又慢慢恢复了对细碎、美好生活的敏感。

在德国四个月，为了锻炼口语，我找到语言伙伴共同练习，从最开始在课堂上一句话都不敢说到最后可以大方地和别人交谈，像是毛毛虫慢慢突破身外的茧，我亲身感受到了自己的改变。我更加开朗和自信，也更有勇气，我欣喜于自己的改变，也越来越相信自己可以变得更好。

直到今天，我都认为图宾根那座小镇对我有着特别的意义。因为环境的改变，我的眼界、思维方式、生活都有了更开阔的体验。

固定的生活模式会让人变得僵化，生活容易乏味无趣。多接触一些全新的事情，会给生活多一点色彩，也会让思维更加多元。

跳出熟悉的环境，来到异国他乡，总会有不一样的经历，他们深深地印刻在我的生命里，成为我生命中不可褪去的一部分。

像海绵一样去接纳多元文化，人的性格也会变得更加宽厚，少了锋芒，多了柔软。

我想，年轻时多去不同的地方生活，让每一座城市，每一个地方的气质都沉淀为我们自己的内在特质，我们会拥有厚重的人生底色。

关于旅行

去过的城市，都会在我的生命中留下痕迹。

大一那年，我独自一人扛着重重的相机走遍了南京的大街小巷，老门东、夫子庙、中山陵……在这座已经现代化的城市里寻觅历史遗迹。

暑假的时候参加了学校去英国游学的项目，那是我第一次出国。异国小镇里保存完好的英国各世纪建筑，蜿蜒的石板街道，各个角落弥漫着的咖啡香，七、八月阳光明媚却依然凉爽的好天气，和蔼友善、善于倾谈的人们，井然有序的社会环境，都让我感到新鲜、欣喜。我还记得每天早上满足地吃过一份英式早餐去上课，一路上耳机里放着轻快的音乐，阳光明亮又柔和，风很清爽，牛津小镇中世纪的石板路上铺满从树叶缝隙中漏下的光影。那种生活在异国他乡的感觉，就这么真实地出现在我的生活里，格外生动，至今记忆深刻。

大二暑假，去参加社会心理学论坛，我在云南大理住了十多天，又是另一种生活。我穿梭在古色古香的老巷，吃着当地有名的小吃，听着街边小店伙计拍着手工皮鼓；在大理大学的山顶看近在咫尺的蓝天白云，在傍晚俯瞰山底满城的闪闪灯光；和朋友们一起沿着洱海骑车，彩色的民族布饰随风飘扬；一起参加热闹疯狂的火把节，被大胆玩火的人们吓得四处奔跑；穿着棉服跑入云雾缭绕的苍山……这些有趣的点点滴滴，为我的生活增添了好多色彩，现在想起都满脸堆笑。

大三我去德国交换一个学期，独自游览柏林的博物馆和柏林墙，感受这座城市背负的沉重历史；被二十年一遇的倾盆大雨冲掉方向感，困在巴黎昏暗的马路上，错过回家的巴士，留守巴黎；独自住青旅，认识有趣的德国大叔和流浪青年；在爱尔兰音乐酒吧和朋友交换彼此眼中的中国故事；在布拉格查理大桥上被落日余晖拥抱；在罗马遇到西班牙广场……

妈妈在信中希望我能够好好记录下来我曾经去过的地方,那将会是珍贵的记忆。有些遗憾的是,在旅行的过程中，因为疲惫和倦怠，很多想法都转瞬即逝，没有保留。

记忆是有保质期的。如果能用各种方式记录下当时的想法，留住那些转瞬即逝的灵感，也许我们就无惧时光流逝。文字是伟大的发明，通过祖先的文字，我们了解了人类的历史和过去，从中看到了人类进步的轨迹，也窥探着未知的将来。我们永远都不能回到过去，但摄影、文字却可以帮我们看到过去。摄影为我们记录了眼睛看到的风景，文字为我们记录了风景中的心情。旅途中的风景和心情都会转瞬即逝，我们或许还会遇到同样的风景，但心境却早已不同。所以，坚持用文字去记录，让我们的情感和经历都越来越饱满。

关于认真与坚持

记得有一次在上海办签证，因为一个很细微的错误，我不得不重新办理一次，不仅付出了时间和金钱的成本，而且让我意识到，自己对待很多事情真的不够细致。同时我也意识到，我总是给自己找各种各样的理由去逃避“坚持”这件事：因为太累所以不想记游记、不想做运动；因为学业繁忙所以放弃了许多爱好……想做的事情总是潦草敷衍，只是在他人因某些技能大放光彩的时候偷偷羡慕……

我们总被提醒“用心”去生活，却没有人告诉我们，何为“用心”？为什么要“用心”？如何“用心”？

从时间成本来说，敷衍的成本远比认真高得多。因为不够细致而导致从头再来，会让我们失去更多的时间去做更有意义的事情，甚至是错失人生的重要机会。工作中的失误和纰漏会导致不停地返工，不仅浪费自己的时间，而且影响同事的效率；在团队合作中敷衍了事，最后导致的是一个团队的失败；在重要的考试中出差错，也许会与梦想失之交臂；敷衍了事地对待自己的一日三餐、日常作息，最终影响的是自己的健康。一团乱麻和清清爽爽的生活，你更喜欢哪一个呢？

在我看来，“用心”便是用一种认真的态度去对待生活，对待周围的人和要做的事。如果独自一人生活在外，就要记得一日三餐、规律运动、多吃蔬果，闲暇时读读书、逛逛街、和朋友聊天远足，少点外卖，少宅在家里。如果独自一人奋斗，就在工作中安排好日程，理清文档格式，不遗漏任何一个错别字，不输错任何一个数字，不丢掉任何一份文件，工作之余加强技能。如果想有一个爱好，就少睡几个懒觉，少看几集电视剧，利用空闲时间尝试着去培养。这便是用认真的态度去生活。在日程本上梳理好自己的生活，而不是混沌又漫无目的地度过一天又一天。

认真生活，不仅是一种态度，而且是一种可以锻炼的能力。

从小事练习，养成记录的好习惯，将期望拥有的态度和行为转化成可以被记录和看见的条目。如果想坚持，就从每天听 10 分钟英语开始；如果想细致，就从规范一次论文的参考文献格式开始。每完成一次，就在笔记本上写下这项条目。在日复一日的记录后，某一天，你会惊喜地发现，笔记本上记满了你努力改变的痕迹，那将是一件非常有成就感的事。

心理学行为主义认为，当一个人的行为带来的结果具有一定的正向反馈时，行为会得到强化。从小事开始，记录下进步的过程，这种正向的积极的反馈会强化我们坚持和认真的行为，获得自我成就感与满足感，最终形成一个良性循环。

认真和坚持，不是说说而已，真的需要一步一个脚印去落实。从日常生活中的习惯做起，我们终会看到一个变化的自己。

关于审美和消费主义

刚进入大学的女孩子，褪去高中时朴素的模样，开始了对美的探索。我也一样，在周围同学的带领下，努力探索着什么是“好看”，什么是“美”。

最开始的时候，我喜欢“买买买”。那时候，我以为只要“买买买”，就可以获得美丽，变得像广告中的美人一样；只要“买买买”，变美就轻而易举。

直到买了很多爆款却不适合自己的衣服，昂贵却找不到适合场合的口红后，我开始反思：“买买买”真的可以让我变美吗？

后来，我明白：也许我陷入了消费主义的陷阱。

消费主义总是试图用金钱来定义美，让焦虑的女孩子们花钱买美丽。研究者也发现，消费的确可以给人们带来快乐。不过，那快乐或许只是短暂的满足。或许我们应该想想：我们对物质无穷无尽的需求是真的存在还是只是被制造出来的，物质是不是衡量美的唯一标准？

我渐渐发现，美的标准很多元，美的内核其实是自信。

因为要去香港读书，我看了很多香港电影，想要了解更多的香港文化。我发现，20 世纪 80 年代正是港风盛行的年代，那时候，女孩子们都喜欢穿喇叭裤配搭修身小背心或宽松的花衬衫，蓬松微卷的偏分发型，配上明亮的口红，这样的装扮一度非常流行，大家争相模仿。即便是现在看那些香港老照片，我们依然会被吸引。可是，今非昔比，内地和香港之间巨大的经济和文化差异早已不存在，为什么那些照片里的人还是那么动人呢？我想，除去得体修身的穿搭，真正吸引我们的是那些年轻人潇洒明朗的笑容和洒脱肆意的姿态吧。那种自信和潇洒，才是他们迷人的秘诀。

轻松坦然的自信外化为气质，与随性的、适合自己的穿搭完美融合，展现了 20 世纪八九十年代经济繁荣下的香港人充满活力和热情的一面，那呈现出的青春的活力和生命的张力，也许才是经典不衰的真正原因。

流行永远在变化。眼影配色、口红色号、服装款式，只要愿意下功夫研究，花钱便可以紧追流行。但是流行的美不一定是适合自己的美，只有专属自己独一无二的气质，才是美的内核，才是我们不泯于众人的真谛。

无论自己高矮胖瘦，无论矜持、开放、内敛、张扬，无论温柔、强悍、细腻、粗犷，都是独一无二的自己，都是最美的自己。

热爱生活的人最美。

香港有一个特殊群体叫做菲律宾女佣，当地人称工人姐姐。简单来说，就是家里的佣人，负责照顾孩子、做饭洗衣等。她们每周只有周日可以休息。这唯一的一天，被工人姐姐们用来展示自己的美。

周日早上的香港，你会在地铁上、公园里，各处公众场合看到工人姐姐的身影。这一天，她们换掉平日朴素的工作服，好好打扮一番，去和姐妹们坐在草坪上聊天欢笑。也许，初次见到她们，你会觉得她们的打扮太过夸张，浓浓的眉毛，大红色口红，碎花吊带裙，头上别着几块钱的塑料卡子。但对于她们来说，这仅有的一天就要尽情美丽。也许你会觉得那样的打扮没有美只有艳，但对于工人姐姐来说，那就是她们眼中的美。社会学家认为，品味和审美是一件关乎地位和阶层的事情。或许我们无法改变自己的阶层，但人人都可以拥有爱美的心。我们不能去评价爱美之心。

除了日常的打扮，工人姐姐们还有选美大赛和服装设计大赛。那些对美的追求和尝试，无关金钱，而是一种对生活热爱的态度。因为爱生活、爱自己而爱美，这样的美，有时会更动人。这种美和物质无关，和金钱无关，是对生活充满热爱的人们洋溢在周身的美。

我们不应该被统一的审美标准束缚，从而怀疑自己。美很多元。美需要我们在生活中不断去探索。寻找属于自己的风格，发现属于自己的自信，展现属于自己的气质，那种自由肆意的姿态、源于对生命的热爱、源于自信的笑容的美，才是永恒的。

关于父母

妈妈信中提到，为人父母最不易。

于是，我反思自己，对妈妈生气，对外公生气，是不是自己对他们要求太苛刻？我要求他们是完美的父母，可是，找工作有试用期，做父母却没有实习期。他们一直在努力成为最完美的父母，作为子女，应该明白，父母是世界上最难胜任的职业。

心理咨询在研究一个人生病的原因时总会追溯原生家庭，但是原生家庭真的会对人产生不可改变的影响吗？我认为，我们每个人都拥有自我塑造的能力，我们的生命灵活且流动，柔软又坚强，这是生命赋予我们独特的力量，让我们面对残酷世界时依然拥有成长的力量。很少有人的原生家庭是完美无缺的，但这不代表我们不能够变成一个更好的人。

一个人独自在外生活后，我渐渐明白了父母为生活打拼的不易。每个人都会犯错，父母也会，我们应该学会理解父母，和父母做朋友。

所以，请多一点宽容吧，尝试欣赏生命中的闪光点，包容生活里的小缺点，我们的生命会变得更温和、更柔软，这样我们才能在父母需要我们的那一天，张开更温暖的怀抱，给予他们柔软的拥抱。

关于心理学专业

大学毕业，很庆幸三年的心理学学习。它让我更了解自己，也让我慢慢去探索如何变成一个更好的自己，如何更好地帮助自己和他人。

对我来说，心理学的很多课程让我获得的不仅仅是知识：统计和实验心理学让我第一次对编程、科学实验有了更清晰的认知；社会心理学满足了我对群体行为的好奇，让我对人有了更多的洞察和不同的思考角度；认知心理学让我更好地了解大脑的运作机制，帮助我更好地学习；心理咨询让我感受到温暖的支持。

在心理咨询中，森田疗法、存在主义疗法，这些名词最初都很陌生，但对我的成长产生过积极的意义。学习一种疗法，不仅是学习知识，更是一个了解自己的过程。在这趟心理咨询的旅程中，我慢慢看到自己的优点，了解到自己的不足，更重要的是，我开始尝试接纳不完美的自己，不再苛求完美，不再责备自己为什么做不到，而去思考如何做到，并用发展的态度看人的一生。

我感到十分幸运，选择了心理学，我把它视为生活的必修课。它给予了我很多能量，让我明白了爱，让我学会接受自己，也让我有力量去帮助他人。

关于毕业论文

转眼已到大学毕业的时刻。

毕业论文是对大学学习成果的一次检验，也是对学术的一次初窥门径。写作过程并非一帆风顺，经历了很多困难。对自己能否独立完成毕业论文，起初我没有太多底气和信心，但在准备的过程中，老师的指导给了我非常多的灵感和思路。我努力地去设计各种实验方案，计算数据，查阅文献，在这个过程中，我感受到了研究的乐趣，更重要的是体会到努力认真做好一件事情的乐趣。

心理学的毕业论文确实让我看到了更多可能性，让我感受到了学术、实践的快乐。感谢我的老师，她给我提供了相当自由的学术环境，让我能在自己的小课题中自由扑腾，不受限制。也许结果并不完美，但在这个过程中，我大胆地尝试了自己的想法，体验是惊喜的。也是在这个过程里，我感受到，百分百地投入一件事，获得的快乐也是百分百的。

结果固然重要，但全身心的投入会让人获得更多惊喜。我们会在投入的过程中看到自己的进步，看到更多的可能性，这也是努力的重要意义。

毕业论文的完成让我坚信，努力可以看到更多的可能性。

关于人类学专业

心理学偏向定量的研究让我怀疑：我们的行为真的只是一串串统计结果吗？

想要从一个有温度的角度去了解人，研究生我选择读一门研究人的学科——人类学。浏览了香港中文大学人类学的项目课程后，我很兴奋，因为课程设置里关于海外华人、全球化、文化遗产的内容，都是我非常好奇和想要了解的，这里似乎可以满足我大部分的好奇心。那时候，我很惊喜人类学这个专业的存在。关于文化，对人的关怀，在这个学科里似乎有着充分的展示。其实，当时我对于人类学到底学什么还十分模糊，但是香港中文大学的课程设置，让我觉得这个专业如同为我打造一般，我感兴趣的事情，竟如此集中地出现在一门专业上。于是，我毫不犹豫地选择了香港中文大学的人类学，幸运的是人类学也选择了我，第一次，我有一种像是天生一对的感觉。

研究生的学习时光太短暂，3个月的第一个学期转瞬即逝。在之后15天的假期里，我走遍了香港的大街小巷，看了高楼围城的天际线，也踏足了悠闲的离岸岛屿。香港在我眼中逐渐变得立体起来。从书本中看到的香港到眼前真实的香港，我被这里的多元和包容吸引，而这也正是一个人类学学生最应该有的气质：好奇和接纳。

下学期忙碌也迷茫，我一面忙着学业，一面要为将来打算。某一天在家中，再次翻到妈妈的信，看到妈妈告诉我：勿忘初心。我忽然想起当时申请学校时记下的日记。那时候的我，满腔热情，时常为充满了关怀和温度的研究热泪盈眶。又想到临近毕业时的迷茫和慌乱，我彷佛是走着走着就忘记了最初出发的目的，忘记了曾经的坚持和选择。

研究生即将毕业，我得到互联网行业的实习

offer。尽管我如今的选择已经和彼时不同，但我想，既然已经选择，就要为曾经的选择负责，就要认真完整地走完这个选择。认真做过的事，总会在生命中留下痕迹。最后一个属于学生时代的学期，我很珍惜地度过每一天，用最认真的态度面对我学习的每一节课，实实在在地体悟人类学和文化研究的精彩。

毕业了。上完最后一节课时，我心里有些许失落，短短一年的学习，其实无法真正领略到一门学科的魅力。我们只是轻轻地在专业门口向里面探了探头。但我知道，真正的人类学学习，才刚刚开始。生活即田野，我们的平凡又热烈的生活，才是真正广阔的研究天地。

在很多人看来，人类学是一个无用的学科，面对严峻的就业环境，它的确无法直接帮助我们找到一份好工作。从实用主义的角度看，它的确是“无用的”。但事实上，我被这无用的学科无数次打动：当我了解到华人在异国他乡遭受的困难和面对困难时的团结和勇气时，当我了解到饮食背后蕴涵着的社会意义时，当我接触到全球化中文化的交流和冲突时……

生命的意义有时候并不在于可以构建出多么伟大的事迹，想要探索这个精彩的世界也并不一定要环游世界。通过人类学的视角，我看到，恰恰是那些最平凡的生命，在最普通的生活中，会涌现无限的惊喜。那些被我们忽视的生活中的琐碎，才是最真实生动的。我想，人类学为我们提供了一个重新认识我们自己生活的角度。那些习以为常的事情，也许背后蕴藏着想不到的惊喜。

其实，“有用”本身就是一个有前提假设的词语：能够产生经济效益的便是有用，其他都是无用。按照这个定义，人类学的确很无用。然而，即便只有一年的学习，我仍感受到了自己看事物的角度更加多元，甚至有一种坐在教室里就可以看到世界的感觉。我不再一味地接受，而是试图对任何假设做出自己的理解和思考。

社会科学的迷人之处，并不在于那个简单的结论，而是那些遍历的思考，是那些生动的故事和迷人的经历。

当我们看到不同价值观并存的世界时，我们可能会变得更加柔和、宽容，面对世界会多一分自在和从容。

如今，我已毕业，再次回看妈妈的信，愿自己无论今后从事何种职业，都能够不断反省自己，勿忘初心,也希望自己的工作可以让世界、让自己、让我身边的人变得更美好。

人类学专业让我的生活变得美好而自由。

关于南大

学校是一个平台，提供很多资源和机会，想办法去利用这些资源和机会，是大学生必备的一项能力。

大学四年，我结交了许多优秀的朋友，去了一些想去的国家，听了许多场喜欢的讲座，旁听了很多有趣的课，参与了一些感兴趣的事，而这些也让我看到了人生更多的可能。

我一直认为多去体验不同的生活，热爱生活是重要的。世界很精彩，不要给自己留下太多遗憾。在南大，我有机会出国交流，跳出自己的文化圈，去感受多元的世界，也是在这里，我结识了心理学、社会学，这些充满人文关怀的学科，他们把话语权交给平凡的人们，融入到日常生活中，给了我足够的养分来面对未知的世界。当我越来越了解现实的残酷时，就越会看到人性中闪闪发光的东西。

或许大学里学的书本知识，我日后会慢慢忘记，但我却慢慢了解了自己，认识了自己，发现了自己。我想，我的大学会成为我重新出发的、给予我能量的加油站。

临近毕业的最后半个月，我忽然很想重走一下校园的角角落落，想用相机拍下文学院门口的石狮，拍下“大图”门口散落在草坪上的各色小花；想重温一遍去过的每一间上课和自习的“仙一”教室，在“仙二”的最高层看夕阳落下，而此时的我，再也不会迷路于逸夫楼；想去图书馆那个最常坐的位置，回忆当时温书的感觉，四楼厚重的古色古香的书桌，承载了我无数个为期末考试奋斗的日夜；想要再吃一次六食堂的铁板饭；在下晚课后去四食堂点一笼小笼包和一个煎饼，然后坐在角落看电视；想和好友一起在后山散步聊天，想要再窝在宿舍里看剧点外卖，和舍友聊明星；想再去巴黎贝甜做小组作业，想再次和最喜欢的朋友坐在九食堂的大屏幕前，一起喝啤酒吃西瓜，一起看世界杯……

这时候，我才发现校园好大。曾经以为可以用四年的时间来走遍的角角落落，突然发现有好多地方没有去过。那些从未欣赏过的美景，那些有趣的朋友，好像都在离开的倒数几日里才突然出现在我的生活中。

我们总以为四年很长，总觉得在这么长的日子里，总有一天可以去完成那些我们想做的事情。但也正因为四年太长，我们慢慢忘记了自己想做的事情。直到离开的倒数几日里，我们才突然意识到，很多事已经再无机会去体验。

最后几天里，室友们陆续离开了宿舍，楼道里渐渐变得安静，房间里也渐渐少了欢声笑语。当我把行李全都打包邮寄，坐在空荡荡的房间里，我才突然意识到，我真的毕业了，我将永远离开南大，这里将永远不再有属于我的故事，那些在自习室的轻言轻语，那些操场灯光下的草地演唱会，那些和朋友在食堂看球的狂欢，那些躲在杂物间玩狼人杀的快乐，那些藏在心底的秘密，将永远成为过去。虽然一直都明白，这一天总会来临，但当这一刻真的到来，我还是忍不住难过。四年象牙塔生活就这样结束了。在不久的将来，我会走入社会，面对成人的世界，逐渐成长为一个社会人。长大的世界必定残酷很多，但我想我会一直记着妈妈的话：

> 人生也好比世界杯，可能有太多的意外、太多的无奈，你要遵循规则，找准角色，认准定位，调整好心态，持之以恒往前走，前进路上不左顾右盼，不好高骛远，带着一颗平常心努力向前就好。
>
> 你都要一如现在，心存感激之情，然后把这份恩情回馈他人。

再见了，我的大学。

重读母亲的信

回看妈妈的信，有很多东西我当时并没有完全理解，在经历过一些事情后，才突然领悟。

比如面对金钱的态度。来到香港后，我发现很多人都会为了挣钱而放弃一些东西。钱是重要的，但是如果人生的目标变成了挣钱，那一定是苍白空虚的。于是我提醒自己，不要用金钱限制了自己的发展和目光，将它视为一种工具，但不要成为目的。如果将工具视为最重要的事，那一定会忽略工具能够带来的生命意义。

比如健康管理。大学时期我养成了熬夜的坏习惯，其实仔细想想，熬的那些夜也都是用来玩手机了，没有给自己带来什么真正的成长，反而搞坏了身体，搞差了皮肤。仗着自己年轻去熬的夜，也许在日后某一天，就会回应在自己的身体上。有次寒假生病，当我躺在冷冰冰的病房里，当我喉咙痛得不能吃饭、不能说话时，夜幕初上，窗外林立的高楼和虚弱无力的我形成鲜明对比，那时我只希望自己可以健健康康地生活。健康的身体才是最核心的竞争力。

现在的我，已经步入社会，但我还是会时常翻看妈妈写给我的信，在困惑时，在迷茫时，在闲来无事时。每读一次，都会因为我生活经验的不断丰富有新的感悟。真的非常感谢妈妈四年来为我的成长记录下的点点滴滴，而我也会倍加珍惜自己的时光，不负自己与爱我的人，用实际行动去帮助身边的人，出生在春夏之交的我，也希望自己永远温暖如春。

后记

2014年，对我们家来说，是非常重要的一年。这一年，女儿赵景祺考入南京大学。女儿考入南大后，她母亲每月给她写一封信。

关于这些书信，王充闾先生在序言中已作过介绍，我就不多言了。本书即将与读者见面，我只就这本书的出版及家庭教育啰唆几句。

这48封书信，虽然只是一个母亲对女儿成长的寄语。我想它也代表了我及众多家长朋友对孩子的希望。

重读这些书信，又想起了2014年送女儿到学校报到，想起了2018年参加女儿本科生毕业典礼……时间过得真快，一眨眼女儿大学毕业又进入香港中文大学读研了。尽管女儿在南大的四年学习生活已成为过去，但这些保存下来的文字却随着岁月的流逝显得更加珍贵。这些书信能汇编成书公开出版，也是对女儿大学生活的一个阶段性回顾与总结。

人一生中要接受三种教育，即家庭教育、学校教育和社会教育。良好的家庭教育是孩子成才的必要条件，是优化孩子心灵的催化剂。当然家庭教育要讲究正确的方法，正确的方法会让孩子终身受益。这本书是家庭教育中的一个小小探索，但愿能对广大家长朋友有所启发。

回顾女儿的成长历程，我想说几点教育心得：第一，给孩子创造良好的家庭学习环境。为此，我经常往家里买书，让家里有一种文化的氛围。孩子从小生活在书的世界里，就会对书感兴趣，对知识感兴趣。我以为，让孩子喜欢读书，是对孩子最好的启蒙教育。所以，作为家长，我们要多给孩子买书，多带孩子去看书。读书是孩子打开世界的第一把钥匙。第二，给孩子创造宽松自由的成长环境。父母虽是孩子的家长，但在孩子面前不要居高临下。父母要本着与朋友相处的方式和孩子沟通，少说教，多交心。要尊重孩子的选择，以民主的态度创造良好的家庭气氛，给孩子创造快乐、自由的成长环境。第三，重视孩子各种能力的培养，树立正确的价值观。身体健康、身心快乐是孩子成长的第一目标。在日常教育中，多鼓励、多奖励、多表扬、多支持，不断培养孩子树立自信心的能力，独立思考的能力，自我调节的能力，目标规划和管理的能力，引导孩子树立正确的价值观，和孩子共同搭建他的人生梦想。

这些书信能结集公开出版，得到了许多师友及前辈的关心与支持。特别感谢：著名作家、南开大学中文系客座教授王充闾先生在百忙中为本书作序；全国人大常委会委员、中国科学院院士、南京大学校长吕建先生和著名教育家、北京师范大学资深教授、中国教育学会名誉会长顾明远先生在百忙中给我们来信；著名古文字学家马剑东先生在百忙中对本书的文字作了全面审校！感谢大象出版社领导的全力支持及编辑为此书的出版所付出的辛劳！感谢所有关心此书出版的师友们，对大家的关爱，我们将永远铭记心中！

由于水平有限，本书肯定还有不尽如人意的地方，敬请大家批评指正！

赵柱家

2021 年 9 月 1 日

女儿：

开学已经快一周了。

虽然微信给了我们每天视频聊天的便利，但思念还是占据了整个房间。

这几天，我和爸爸每晚必备的功课就是了解你的学习和生活状态。

开学那天，我们和外婆外公一起送你去学校，你一路照顾外婆，关心外公。为了多陪他们看景点，我们比计划的时间晚到学校半天。那天天气特别热，你一个人排队，填表，办理各种手续，打扫床铺，搬运行李，不让我们帮忙，不停地问候着外婆外公，不停地催促我们回酒店休息。

那天，你做东在学校食堂请我们吃了饭。从食堂出来，大约是6点，我们想送你回宿舍，你坚决不让。

那天妈妈一直告诉自己不许在你面前流泪，但就是忍不住，眼泪一直在眼里打转。妈妈不敢和你打招呼，看着你独自远去的背影，我除了欣慰就是自豪。

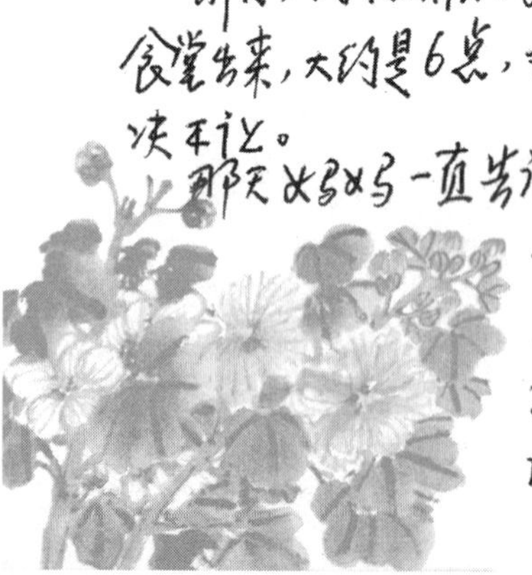

女儿，走进南京大学，是你努力的结果，也是你的幸运。高三那年，你与校荐的自主招生学校——东南大学失之交臂，你说你要重新来过，365天的艰辛，只有你自己知道。

你说你很幸运选择了南京大学，不仅仅是因为她“985”“C9联盟”的光环，更主要是因为她“诚朴雄伟，励学敦行”的淳朴学风，你说她更适合你的性格，朴实而不张扬。

女儿，大学是你步入社会的培训营，在这里，你会接触到更多的精英，汲取更多的知识，学到更多技能，打开更广的视野；在这里，你更会通过努力，充分实现自己的价值，成就自己的梦想。

女儿，祝愿你的大学生活精彩纷呈！

妈妈

2014年9月17日